About Love

About Love

About Love

About Love

心碎沒關係，
教我學會離別

小　彤──著

愛，在飄雨的午后

台北，微雨。

我坐在靠窗的咖啡座，聆聽朋友訴說她的滄桑心事。她在日前經由友人口中，才知道大學時一位同班男同學曾偷偷喜歡了她四年，還收藏了一大本她演話劇和舞蹈比賽時的照片。如今，時往物移，男同學結婚，她卻離婚了。

「假使時光倒流，妳會愛上他嗎？」我問。

朋友怔忡半晌，聳聳肩，「也許吧。」

儘管未曾愛過，幾年後的今天得知曾被人如此深深愛戀、如此擱在心頭疼惜著，總有些竊竊地歡喜。不過，更多的竟是——悵然。就像這乍雨還陰的灰濛濛天候，沒有狂風驟雨，沒有狂悲深愁，只是小小的遺憾——為一段該發生卻未發生的美麗情事。

也許，有些愛情正因為殘缺，而美麗。

以前，一直以為愛是一種心情和感覺，縹渺無形。

因為寫作，我觀察；因為觀察，我看到愛情的樣子。在熱戀的情人眼中，愛是一束嬌豔招展的花；愛情是吵著要決裂仍戀戀不捨的淚水；旅途中，愛情是一張寫滿思念的明信片；年老時，愛是那雙攙扶相伴的手；一旦放入記憶裡，愛情就變成加了柔焦

的沙龍照，看不真切，留下的總是失真的甜蜜或苦澀。

　　我喜歡聽別人說自己的愛情故事，雖然大部分的愛情都很平凡類似（即使在當事人眼中是那般驚濤駭浪），我還是努力在相似的邂逅或戀慕、雷同的爭吵和分離中，讀到刻骨銘心的悸動。在這些都會男女的感情世界中，我逐漸看到一些現代愛情的軌跡——

＊最美的愛，是得不到的愛。

＊沒有嫉妒，不是愛情。太多的嫉妒，也不是，那是不安全感所引發的佔有慾，是一種掠奪。

＊欺騙，有時也是一種仁慈和體貼，特別是提及過去戀情時。

＊愛情之初，男人女人拚命追求或引誘，一成定局後，雙方又常為誰先追誰、誰誘惑誰而爭論不休，於是，又一樁歷史懸案。清官也難斷。

＊相信對方是愛自己的，卻忍不住一再追問，尋求肯定。

＊背叛，往往不是一次偶然，而是一種習慣。

＊背叛，是愛情的癌症，縱然痊癒，也很難完好如初。

＊愛情是紙鳶，飛翔是它的命運，拉太緊，飛不高，放太鬆，風一吹就跑了。如何用相思做繩，讓它自由飛翔，是愛的智慧。

＊愛，需要很大能量，恨，需要更多。何苦為不值得的人浪

費能源。

＊戲劇中飛蛾撲火的激情，固然悲壯美麗，放在真實人生卻
　太磨人。平淡是福氣。

＊口口聲聲說不想談戀愛的人，其實最渴望愛情。

你是不是也看見了這些愛情的軌跡？

紅塵俗世，不管愛情以什麼面貌呈現，大抵掙不脫「悲、喜、
酸、苦」四個字，離是悲、愛是喜、妒是酸、想是苦。

於是，我嘗試以文字做經緯，用愛情做針線，織就一張張
世間男女的愛情浮世繪，希望讓你看到真情的可貴，並且，相信
愛情。

你玩過一種「尋寶圖」的捲紙遊戲沒有？

紙捲一端是入口，順著所畫的路線向前走，不久便出現岔
路，選對路可繼續前行，選錯了可能跌入斷崖或被猛獸吃掉。繼
續走下去，又會碰到幾個岔路，再做選擇，一路走到捲紙盡頭，
便是琳瑯的金銀財寶。

人生和愛情，何嘗不是如此？不斷前進、不停選擇與取捨，
每一個岔路都是一次轉捩，一念之差，命運可能截然不同。有時，
不免會想：當年如果回了那封愛慕者的信，等待我們的會不會是
場轟轟烈烈的戀情？要是沒有參加那次聚會，也許不會遇見初戀

情人，那麼，是不是可以躲開一場感情劫難呢？倘若當時答應了旅行中邂逅的那個男人的求婚，現在的自己又會如何呢？

選擇之前，我們無從預知此後的際遇是幸或不幸，總得走那麼一遭，才知是絕崖，還是坦途，是獲得，還是錯過。

這就是人生，因為未知，所以精彩。

遺憾的是，人生必須不斷往前，大多時候，一旦錯過，便無法重來。

每一次抉擇，都可能改寫結局，讓人生來個大轉彎。

回到本文的開頭，假設你是我那位後知後覺的朋友，如果那男同學仍未婚，而且依然戀你如昨，你會選擇：

一、設法重續前緣。這可能有兩種結局，第一種，從此兩人過著幸福快樂的日子；第二種，因熟悉而印象幻滅，因了解而分手。

二、把這段情深藏心底，留待歲月細細品味。這也可能有兩種結果，第一種，彼此都停格在最美的記憶中，死而無憾；第二種，日後回想又後悔了，該死，耍什麼酷嘛！回憶難道比擁有真情重要？

莎士比亞的名劇「哈姆雷特」中，有一句曠世名言「To be or not to be, that is a question.」

做或不做，都是一個問題。

不同的選擇，展開不同的人生，這種冒險是無可避免的。

你，準備好要冒險了嗎？

咖啡廳裡。

朋友深深的惆悵，覆過空氣中濃郁的咖啡香。走過繁華，歷經千帆，才發現苦苦尋覓的純白愛情，竟遺落在年少青春裡，此時，已無從選擇。是朋友的遺憾。

能在文學中經歷各式人生，是我的幸福。

台北，依然微雨。

小彤

目錄
CONTENTS

愛的冷靜

———

CHAPTER 01

有時，謊言代表「在乎」。
因為在乎，
才會費唇舌編派謊言、
花心思掩護真相。

一個婦人的偷情故事

———

俐落地翻了個身，環怡輕身滑進浴室。蓮蓬頭的水柱嘩啦嘩啦湍流而下，把她僅剩的罪惡感也沖刷一空。

她愈來愈害怕這樣逐漸麻痺了的自己，沒有一點偷情的罪惡感，連偷情的刺激也不知何時已淡得像一杯無味的開水。

男人背對著浴室逕自整裝，缺乏運動而鬆垮下垂的肌肉，因長期待在實驗室極少接觸陽光而近乎慘白的膚色，環怡只瞥了一眼，就不禁嫌惡地撇過臉去。

兩人都沒有說話，氣氛靜得像正在上演一齣無聲的電影。

再次對著化妝鏡，確定梳理得一絲不紊，環怡旋身走向房門，就在扭開門把時，彷彿覺得自己該說些什麼，她停住了腳步。「我，走了。」

「呃？那明天——研究室見。」

照例，環怡先離開，十分鐘後，男人再走。為了避免撞見熟人，他們總是先後到達、分別離開，而且幾乎不在同一家賓館幽會兩次。他們兩人都是有頭有臉的人，一位是知名大學備受推崇的院長，另一位是這個女生極少的研究所中最年輕的女副教授。一旦他們的不倫之戀東窗事發，結局肯定不止身敗名裂而已。

　　環怡揚手招來計程車，腕上手錶指著十點半，寶寶應該早睡了，算算回到家大約十一點，正好趕得及與遠在高雄的老公鴻洋「每日一通」情話綿綿。

　　這是他們維繫婚姻的方式。

　　結婚八、九年來，除了在美國修讀博士那幾年兩人朝夕相處外，回到台灣，南北兩地的分隔，埋下了他們婚姻中的洶湧暗流。鴻洋的家族企業在南部，想到要面對鴻洋家一堆叔伯妯娌，環怡就渾身無力，藉口在高雄尋不到理想的工作，環怡「順理成章」留在臺北娘家，五歲的兒子自然也以「臺北就學資源較優」的理由留在環怡身邊。

　　每個人都說，鴻洋這老公無可挑剔，相貌堂堂配上一七八挺拔的身材，又是美國名校的博士，還是中型企業的接班人，更難得的是忠厚謙恭、絲毫沒有紈絝子弟的奢華糜爛惡習。當年環怡尋獲這隻金龜婿時，不知妒煞了多少女人，婚禮上，環怡的幾位大學同學還酸不溜丟地揶揄她。

　　「妳怎麼『拐』到這一位好老公的？教教我們嘛！」

　　「對嘛，對嘛，妳還真是見好就『收』呢！」

　　環怡當然知道她們私底下形容她是「癩蛤蟆吃到天鵝肉」。

她不服氣！除了不夠出色的容貌外，也算優渥殷實的家境並不比鴻洋家世遜色太多，況且，她當年還是以比鴻洋更優異的成績申請進入美國大學研究所呢。女孩子讀理工並不容易，但一直到拿到博士文憑，她的成績都遙遙領先鴻洋，憑什麼大家都覺得她「高攀」了鴻洋？

　　笑吧！看到那些女人隱藏在嘲弄背後的妒羨，一切的攻訐譏諷都變得無足輕重。她明白，如果可以，這些當年取笑她「醜小鴨」的人，現在都恨不得換成是她！

　　說來可笑，女人的價值原來不是存乎她自己，而是決定於她所選的男人，她選擇了一流的鴻洋，所以讓她成了一流的女人。

　　每個女人都想探知她如何擄獲這位白馬王子的心，她們不會懂的。儘管她沒有男人最愛的亮麗臉蛋、魔鬼身材，不過，她夠聰明，夠聰明到知道鴻洋他們這種傳統大家族十分重視「標籤」，她的一張美國名校的博士文憑絕對上得了檯面；她也夠聰明到瞭解像鴻洋這類呆頭鵝是不會、也不懂得追求女人，因此只要女人主動示好，必然手到擒來。她永遠記得大學畢業那年第一次在朋友聚會見到鴻洋時，她當場就在心中發誓：「我一定要嫁給這男人！」

是的，她夠聰明，聰明到足以判斷什麼是好男人，而且，毫不猶疑抓住他！

　　那夜，聚會散場，當鴻洋準備離去時，環怡馬上也順勢告辭，天色盡墨，鴻洋自然得權充護花使者「順路」送環怡回學校宿舍。在接近學校時，鴻洋的重機陡地在馬路中央熄了火，老實木訥的男人當場手足無措，愈是慌亂，機車愈是無法發動，環怡柔聲安慰著困窘得雙頰通紅的鴻洋：

　　「沒關係，慢慢來，不要急，這是老天讓我們多點時間聊聊啊！」

　　環怡陪鴻洋牽著車子慢慢前行，鴻洋既感動又激賞的神情沒有逃過環怡的法眼，環怡知道自己成功地跨出第一步了。沒有耀眼的外表，善解人意是她的致勝武器。

　　與鴻洋申請同一城市的美國大學，是環怡「馴漢計」的第二步棋。接著，到了美國，她搬進和鴻洋同一棟公寓，近水樓台才能先得月。然後，環怡藉故幫鴻洋整理房間、烹煮宵夜，一步一步從三樓搬到鴻洋四樓的房間。五年後，兩人同時領到博士文憑時，也就理所當然「應雙方父母的要求」締結連理。

　　環怡曾讀過一段話形容男人對女人的喜惡：

「男人最喜歡的第一等女人是貌美而愚笨，第二等是美麗卻聰明，第三等是醜陋且愚笨，男人最無法忍受長得不美卻聰明的女人。」

「去！什麼鬼沙文邏輯？」

璟怡當場對這論點嗤之以鼻。她不相信容貌可以決定女人的命運！比起那些徒有美貌而腦袋空空，或美豔聰明卻傲驕的女人，事實證明，她得到了更多、更好。

美麗的女人吸引男人，而聰明的女人抓得住男人！

計程車停在家門口，璟怡略整了頭髮、掏出鑰匙，老媽照例等她回來報告寶寶今天的狀況，這是她和老公每天通電話的重要話題。鴻洋極愛孩子，孩子是璟怡扣住鴻洋和他整個家族的最大利器。一、兩年前，她曾懷疑鴻洋與公司女講師有染，兩人吵得不可開交，儘管只是璟怡的杯弓蛇影、疑神疑鬼，沒想到婆婆居然還出面力挺她，責備鴻洋道：「我要這媳婦和孫子，你給我安份點。」只要有兒子，就沒有人可以動搖她正宮娘娘的寶座。

十一點，又到了她和鴻洋「每日一通」時間。

「喂，老公呀——」她換上黏膩得化不開的聲音對著手機說，一邊照著鏡子端詳著院長烙印在她胸前的吻痕，「人家今天

好想你喔，寶寶他今天在幼稚園……」

車上。

璟怡握著方向盤的手劇烈地顫動了起來，眼淚也撲撲簌簌直落，

「我有件事要告訴你─」行動電話擴音中，電話那端是遠在大陸的鴻洋，「我……背叛了你……他是我們院裡的院長，我們……」

憤怒，點燃了理智、燒光了冷靜，沒有人知道她有多期待週末的約會。

自從鴻洋告訴璟怡他要出差大陸七天，這個週末他們不必再像牛郎織女般南北奔波相會時，表面上璟怡雖然臨別依依，心裡卻早就滴溜溜盤算著正好和院長來個「激情蜜月」，不必再倉倉促促趕時間，不用再偷偷摸摸掩人耳目，在怡人的台東五星酒店，她想像著與院長浸淫在氤氳溫泉中，聽著院長一遍又一遍訴說他有多愛她，這是鴻洋所沒有的狂情熱愛。

璟怡承認自己是個貪心的女人，擁有鴻洋這樣體貼老實的一百分伴侶，她的心底仍有個缺口，不時灌入冷風颼颼。最愛的

還是鴻洋，只是，他的愛滿足不了她，給得起安全感的男人多半給不起浪漫。而她，是一隻愛的海豚，偶爾必須探出海面領略海風的溫柔、煦日的熱情，然後才能再回到屬於她的安全的海裡。

安全，似海洋；而溫柔和熱情，是愛的氧氣。

不管一個女人長得美醜，都需要浪漫的對待，都渴望被當成稀世珍寶般仰慕疼惜。環怡其實很清楚，對院長這樣一個近六十歲的老男人，任何一個年輕女子都魅力十足。儘管如此，環怡就是喜歡院長捧著她的臉像捧著最珍貴的寶物，不停地說：「妳這迷人的小東西！」

沒有人！連鴻洋也不曾這樣說過她！

「迷人」原來比被稱讚「聰明」，更教女人心喜雀躍。

今天，下班前，環怡的手機響了，是院長。「我老婆又在跟我瞎鬧了，明天我不能去台東了，寶貝，不要生氣，我真的情非得已，我會好好補償妳，我——」

不等院長說完，環怡便使勁掛斷電話，抓起皮包，顧不得其他研究員好奇的注目，她衝出了研究室。踩足馬力，車子像箭般飛了出去，她的眼淚也跟著轟然湧出。

她只想有個人來愛啊！

她不想離婚，院長也不可能離婚。他們是同一類的人——同樣渴望浪漫，讓他們可以交會撞擊出彼此配偶都給不起的激情；同樣聰明冷靜，使他們瞭解到保留表面上仍和諧的婚姻才是最明智的。院長需要維持婚姻美滿的假象，以支持他成功人士的完美形象；她需要鴻洋這樣世俗眼光中滿分的老公，來烘托她幸福女人的價值。

　　車子在濱海公路上狂嘯，璟怡的手機響了，是院長打來的。

　　「寶貝，對不起，我——」

　　再次掛掉電話，璟怡索性關上手機，關不掉的卻是自己的胡思臆想，她想到院長和他老婆大吵過後重修舊好，他會不會也捧著他老婆的臉龐，撫著她下垂的乳房、輕吻著她的……

　　璟怡把車內的音響扭到最大聲，試圖沖走腦裡亂七八糟的影像，車速表持續向上衝升……什麼都不管了，什麼都豁出去了，不在乎名譽、不在乎成就、不在乎誰愛誰，她想毀掉整個世界！死吧！全世界的人都去死吧！

　　狂怒將最後一分顧慮也燒光，璟怡拿起電話，撥給遠在大陸的鴻洋。不要了，什麼都不要了，婚姻、身分、地位都不要了。

　　「……我們在一起半年了……他說不介意我已婚、有孩子，

他說我是他今生的最愛，他、他還說過……」

　　她的嘴嘀哩咕嚕地說著、哭著、叫著……當電話收了線時，她才猛然驚覺到自己竟然、竟然衝動地向鴻洋全盤招供了自己的外遇！

　　「天哪，我到底在做什麼？」

　　她伏在方向盤上，縱聲大哭了起來。

　　美麗，也許可以使一個女人贏得男人的心；聰明，卻能讓一個女人挽回男人的心。

　　像當年在做博士論文一樣，環怡仔細研擬一份完美的腹案。在婆婆房間把孩子哄睡後，她終於和鴻洋單獨相處了，上個禮拜那通越洋告白顯然在鴻洋心底發酵成無言的憤怒，今天，從鴻洋接她和寶寶回婆家的途中，氣氛低壓得連向來活蹦亂跳的兒子也有所察覺，而一反常態安靜下來。

　　鴻洋背對著她，側躺在床沿。環怡換上全新的性感睡衣，輕聲偎近鴻洋：「哈，小笨蛋，你、中、計、嘍！」她努力讓自己的聲音興奮而嬌俏，小心地不洩露出她的緊張及刻意。

　　鴻洋的雙肩一動也不動。

　「老公，人家好高興喔，我終於發現你也會吃醋呢，這證明你真的很愛我。」璟怡交疊雙手，佯裝自顧自嘀咕，眼角卻自始至終留意著鴻洋的反應，「網路上兩性專家說，假裝告訴另一半妳有外遇，給他一些刺激和危機意識，這樣可以讓婚姻從一潭死水變回一泉瀑布，妳的另一半也會開始重新注意到妳，啊哈──書上教的果然沒錯！嘻！」

　「妳是說，」鴻洋刷地一躍而起，逼近璟怡，「妳說妳背叛我、院長對妳有……有意思……都是假的？」

　中計了！璟怡壓住竊喜、沉住了氣，繼續道：

　「也不全是假的啦，他是真的很欣賞我呢，但是，我們之間是發乎情止乎禮，人家很愛他老婆、是個標準模範老公，才不會對別的女人有非分之想呢。只不過，誰教你老婆這麼有魅力又冰雪聰明呢？人家當然會欣賞你老婆嘛！」

　「那妳……妳說你們『在一起』？」

　「是呀，我們是常常『在一起』──做研究啊！」璟怡故意吊胃口，見鴻洋妒憤盡褪，她馬上加把勁、熱情地勾住鴻洋的頸項，「啊哈，原來你也會吃醋啊？小呆瓜，你這麼棒、我這麼愛你，怎麼可能會看上那個足夠當我老爸的歐吉桑呢？」

緊繃一解除，誤會冰釋了，鴻洋頓時發出一聲野獸的吼叫，瘋了般撲向環怡，啃噬、佔有……

　　結婚八年多，環怡幾乎已經忘了鴻洋有多久沒有這麼賣力激情過了。床下那件褪下的性感睡衣，環怡當然永遠不會告訴鴻洋，那是她為了與院長的台東之旅而特地準備的。

　　美麗，只可以魅惑男人一時；聰慧，卻可以教女人輕易掌握男人一輩子。

　　收下了院長涎著討好和歉疚送上的價值不菲的鑽石手鍊，環怡施恩似地給了院長一個特赦的笑顏。

　　「呼！上帝保佑，妳終於笑了。」

　　院長誇張地鬆了一大口氣的模樣，更逗笑了環怡。

　　「這一個多禮拜來，妳不接電話、不跟我說話，我可真是度日如年啊！」

　　「你──活該！」環怡任性嗔道。

　　「是，我活該！活該想妳想得食不下嚥、生無可戀、覺都睡不好，連實驗也做不下去。唉──寶貝，妳真是我命中的剋星。」

即使明知這些甜言蜜語都只是誇大了的愛情幻象，璟怡還是情不自禁沉迷其中。比起鴻洋的呆板漠然和缺乏情趣，至少，這男人還肯費神來哄她、取悅她。床第間，院長不輸年輕人的持久和耐力，並不是璟怡留戀的主因，最重要的是，在這男人面前，她才覺得自己是一個真真正正的女人，被寵溺、被驕縱，也被珍惜。

爭吵後的復合，果真是最好的催情劑。就像前幾晚和鴻洋的激情夜一樣，今晚，院長更是使盡了渾身解數，只是，就在攀升巔峰過後，璟怡竟莫名來由地湧上一股厭煩。

是的！厭煩，排山倒海的厭煩。

像吃了過多甜食般的──厭煩！

像嘗膩了大魚大肉似的──厭煩！

璟怡起身背對著院長搜整衣物，然後深吸了一口氣：

「我老公似乎有些察覺到我們的關係了。我想，我們還是……還是暫時分開一陣子吧。」璟怡旋過身，逼著自己含情脈脈、戀戀不捨，如此悲涼難捨的場面，是偷情者最美的結局，「今晚，這麼完美的一夜，將會是我生命中永恆的記憶。」

「寶貝，我……」

　　璟怡用手指捂住院長的嘴，「不，不要留我，怕自己不能負擔對你的深情，所以不敢靠你太近，」璟怡猛然發覺自己像瓊瑤連續劇裡的主角，唸著不是人說的噁心台詞，偏偏噁心的話通常最動聽。「再繼續下去，我們都會萬劫不復，讓我們就到這裡為止。這樣，對我們都好。」

　　拎起皮包，璟怡一甩頭踱出賓館，這般的分離多淒美悲壯呵！誰說這種電影裡的經典場面只可以屬於俊男美女？

　　賓館櫃臺上的電視機大聲地播放著：「美國歌壇天后瑪丹娜和小 36 歲舞者男友分手……」

　　沒錯！女人也可以追尋快樂、主導愛情呀，為什麼只有男人可以背叛真情、不忠於婚姻？當然，壞女人只懂得追求快樂，而像她這麼聰敏的女人則知道何時可以放縱、何時該收手，不讓快樂變了調。

　　她想像著今晚「每日一通」當她告訴鴻洋她終於又懷孕時，鴻洋該會是怎樣的歡躍狂喜？孩子絕對是鴻洋的，她不會笨到讓自己陷於「不知孩子父親是誰」的窘境，這是女人外遇的基本技術。

　　斬斷了婚外情，回到她安定卻味如嚼蠟的婚姻，浪女回頭金不換啊！她忍不住為自己的迷途知返流下了喝采的淚來。

有時，謊言代表在乎

CHANGE YOUR MINDSET

自大，矇蔽愛的聽覺

外遇，配偶總是最後一個知道的？

其實外遇多少有跡有循，不是行蹤老是交代不明，就是作息開始改變，再不就是常偷偷摸摸抱著手機竊竊私語，女人特有的敏銳和嗅覺總可以讀出一些「走私」的蛛絲馬跡。

不過，如果出軌的是女人，男人幾乎是很難察覺的！

因為男人多半粗心大意。

因為男人總是莫名的自大。

也因為男人害怕面對真相。

男人的粗心大意，模糊了他們愛的嗅覺，以致忽略了老婆外遇的種種異樣。當然，不可否認，在外遇上女人確實比男人受過更多的「偵防教育」。從書本、從傳統兩性關係、從同儕經驗，女人很早就體會到「哪有貓兒不偷腥」，進而學會如何預防或確認「貓兒去偷腥」。

也因為偵防教育成功，女人自然懂得如何「反偵防」、不被發現偷腥。譬如，女人會偵察老公口袋有沒有飯店打火機或不明的口紅印，一旦女人外遇，她會反過來小心不讓自己留下任何把柄。

而男人莫名的自大，則矇蔽了他們愛的聽覺。他們深信自己是如此優秀傑出、獨一無二，另一半是多麼死心塌地、只愛他一人，即

使旁邊有人忍不住提醒他說：「你太太跟她上司天天一起加班，不會加出感情來吧？」

「哈，不可能！我太太愛我愛得要死、趕都趕不走，怎麼可能外遇？」

他們就是相信，近乎愚昧的自信。

此外，男人對真相的恐懼，則讓男人喪失了愛的視覺。

女人發現老公外遇後，可以選擇「寧為玉碎」地離開、或「顧全大局」地留下；她可以對外人哭訴老公外遇，博得同情。

而男人則不行，他對外承認老婆紅杏出牆，等於否決了自我存在價值，讓自己成了世俗眼中「沒有用、罩不住」的男人。他可以選擇不離婚，只是綠帽罩頂，難看！他可以決定離婚，只是離婚了以後呢？孩子呢？財產呢？揭開外遇真相不難，但是真相揭露後的混亂、不可知的未來和男性尊嚴的淪喪，才是最教男人害怕的。

因為不知如何善後，所以即使有所懷疑，很多男人還是寧願自欺欺人。他們寧可相信，相信外遇是不存在的。

畢竟，相信謊言比接受真相容易許多。

謊言，是愛情必要之惡

謊言，有時是愛情中必要之惡。

你懷疑對方有了新歡，卻始終苦無證據，一次大吵，你火山爆發了，「你說，你是不是有了別人了？你說啊！」

一而再、再而三的反覆逼供，對方也煩透了，在短暫的侷促躊躇後，對方豁出去，一副「那你要怎樣」的表情：「沒錯，我是有了別人，我們在一起快一年了。」

對方招供了，你準備怎麼辦呢？

別傻了，他還肯騙你，那還是幸福的！

他還肯費唇舌來編派謊言、花心思來掩護事實，至少表示他還有些在乎你，還想保留目前的關係，如果連騙你都懶，那才是真的對你毫無所謂了呢！

發現對方不忠，許多人都想逞一時之快去抓姦，「哼，我難受，也要讓他和狐狸精（或狐狸公）難看！」

問題是，抓完姦、扯破臉以後，對於對方來說，「反正你已經知道了，你還想怎麼樣呢？」結果，很可能只是讓地下情移到桌面上，讓「姦夫淫婦」從偷雞摸狗變得明目張膽，讓你更失去立場。

你抓姦，你識破了騙局，你原諒或勉強接受回到原來的關係，你覺得自己是如此識大體或委屈求全。

但是，對他而言，你抓姦、你接受，所以，你默認了，或者，

你莫可奈他何了。

　　不是教你做愛情中的鴕鳥，去躲在自欺欺人的沙堆中，不去面對枕邊人外遇的事實——如果你寧為玉碎、不為瓦全，決定離開這個不愛你的人，你大可放手抓姦，讓他死得很難看，讓他知道愛的龍捲風一旦吹起，什麼都可以摧毀。

　　倘使你不想或不能離婚，你必須想清楚的是，真相大白後，你們的關係又將何去何從？

　　「僵局」打破了，剩下的會不會是無法收拾的「殘局」？

　　文學家次威格說：「真相，一向是劑苦藥。」

　　你真的想揭穿愛的謊言嗎？

　　三思一下，揭穿謊言——以後呢？

愛情，也會生老病死

　　「我發誓，我愛你永遠不變。」

　　這是愛情的經典誓言。

　　熱戀中的人，總會近乎偏執地以為他們的愛絕對可以天長地久，可以是紛亂塵世、善變情愛中唯一不變的永遠，他們會說出、也會相信這句誓言。

説的當時，是真心的，只是，真心的時間無法永遠，於是，「永遠愛你」最後成了一張無法兌現的「愛情空頭支票」。

　　小説、童話給了我們太多「永恆」的憧憬，使我們以為愛的開始必然情生意動、天雷地火，而最後一定「從此兩人過著幸福快樂的日子」，只可惜，真實的愛情多半不會如此美好圓滿。就算對方指天誓地保證愛你至死不渝，愛也不一定會一直甜蜜、不一定會恆常光明。愛會變老，就像一個小孩會長成髮蒼齒搖的糟老頭一樣，「無常」是愛情中的正常，「變」才是不變的真理。

　　愛情是會生、老、病、死的。

　　世事萬物終有時，愛情也會有時盡。

　　看透這點，你就可以坦然面對對方「變了，冷淡了」的事實，而不再苦苦追問「當初你如何如何，如今卻怎樣怎樣」，你會學著在「賞味期限」內盡快享用，而且盡量依照「保存方法」，不使愛情提早過期。

　　所有美好的事物都有「有效期限」。

　　你不必因而過度悲觀，最重要的是，不要強求愛情始終像剛開罐的汽水一樣「汽」味十足。當愛情成了乏味沒氣泡的甜水時，考慮加點檸檬或蘇打，讓它成為另一種可口的飲料。

　　讓愛情重生復活，變成親情、友情或全新的愛情。

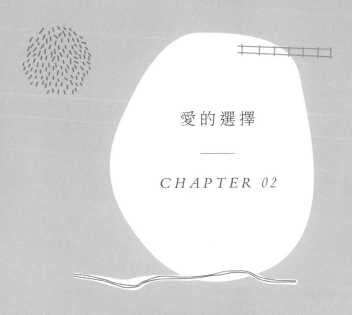

愛 的 選 擇

———

CHAPTER 02

不要用「完人」的標準擇偶，
想清楚你真正求的是什麼！

一個女人和她的六個男人

愛情，很難不說條件。

妳會愛上一個人，可能是因為他的外貌學養、他的溫柔、他很愛妳、他有不錯的經濟基礎可以給妳無虞的未來，或者只是他微笑時的某個角度跟妳的偶像湯姆克魯斯有幾分神似……不管何者，都是條件。

愛情，也不能只說條件。

妳不能把愛情放在天秤上，論斤秤兩。身高必須一七五，少一公分扣一分；月收入最好高於六萬元，多一萬加五分；學歷碩士以上，加分；要有進口車、數千萬元的房子……把條件量化、把人變成數學題，如此用「愛情量表」來評算愛情，妳只會不斷、不斷地──錯愛！

因為外表、學歷、經濟等條件都對的人，未必就是對的對象。

愛，還是需要一些其他什麼的。

姚雪芬絕對稱得上是「愛情測量學」的箇中高手。她不只是把追求者的各項條件詳盡分析記錄下來，還十分科學地用電腦來建檔管理。

在她的電腦檔案裡有鉅細靡遺的「追求者評量表」，舉凡

身高、體重、血型、星座、學歷、年齡等背景資料一應俱全,其他像收入、家世、品味、資產等,則依交往後瞭解互動情形陸續評鑑,凡「分量」不足、「標準」不夠者,一律謝絕聯絡!至於,剩下來的「決賽者」,為了方便「統一管理」,雪芬還按照認識先後次序為每位追求者編號,再依據追求者的特色來取「代碼」。

像今晚,她和五號追求者——「科技男」,正在一家高級餐廳裡進行「愛的高峰會」,燈光美、氣氛佳、音樂棒、食物讚,一切的一切,都是如此令人心曠神怡。

他們愉快地交談著,話峰一轉,雪芬提到她最近正在讀的書,「叔本華的論點,真的發人深省。」

「啊?她也寫書啊?我也很欣賞她,尤其她以前唱的那首⋯⋯那首叫什麼『為什麼你寂寞只想要⋯⋯為什麼我難過只肯讓你⋯⋯』真是好聽!」

「他沒唱過歌呀!」雪芬一頭霧水。

「有啊,她是歌星,怎麼會沒唱過歌呢?就是那首⋯⋯再靠近一點點⋯⋯」

在科技男口齒不清兼五音不全的哼唱下,兩人雞同鴨講了老半天,雪芬才搞清楚原來對方說的是「歌星陳嘉樺ELLA」,

叔本華竟然變成陳嘉樺，天哪！

為了緩和此「華」非彼「樺」的窘境，雪芬隨口說了一則笑話：

「有一次，老師故意考小明一個問題：『寇克船長曾到澳洲探險五次，有一次被殺死了，請問是哪一次？』結果小明居然回答：『老師我昨天忘了預習，所以我真的不知道耶！』哈哈，好笑吧？」

科技男一笑也不笑，怔了半天後才愣頭愣腦地開了口：「那──寇克船長到底是哪一次被殺的呢？」

雪芬沒有把口裡的食物噴出來，實在需要過人的克制力！

當雪芬一踏進家門，即刻打開電腦，在五號科技男的檔案上加入：「沒知識又沒常識，沒常識還不懂掩飾」的評語。科技男也在這道腦筋急轉彎的題目後，成了雪芬的「拒絕往來戶」。

「他只是秀逗一點、少根筋一些、反應遲鈍了點而已嘛！」當初介紹科技男給雪芬認識的莉欣，在聽完雪芬的描述後邊笑邊說道。

「喂，妳這女人，到底是在替他說話？還是在貶損他啊？」雪芬也被逗得又好氣又好笑。

「哎喲，他們電腦工程師就是這樣拙拙呆呆的，不過，這種人老實可靠嘛！而且，這些高收入的科技新貴可是不少未婚女子心中的最佳老公人選呢！」

「就是有個一技之長、有點錢罷了，」雪芬不以為然的說道，「妳知道嗎？他以為『金莎』是首飾珠寶店呢，還有，有一次我們幾個朋友在聊『村上春樹』，他居然以為村上春樹是一種植物，還問我們它是不是長得像椰子樹……」

在雪芬的追求者名單中，一號「俊帥男」外表最為出色。一八五籃球國手級的身高，鍛練得「臂」壘分明、海軍陸戰隊級的體格，諧星級的幽默風趣以及一張酷似金城武的明星級臉孔，是那種一站出來就會迷死一卡車蒼蠅蚊子的典型。這些十分重要，對於「重美色」的天秤座女子姚雪芬來說，是加重計分的要項。因此，雖然俊帥男只是一家小小公司裡的小小主任，但總得分是所有參賽者中最高分的一位，暫居追求排行榜之首。

俊帥男的巨星外型，加上雪芬的美豔容顏，只要他們兩人連袂出現在公開場合，現場其他人馬上就變得黯然無光。這天，他們在眾人妒羨覬覦的目光中優雅且極度緩慢地用完餐，從陽明

山禪園施施然步出，再悠悠然走向俊帥男的車，霍地，一輛超速的機車呼嘯疾來，就在機車失速撞向他們的當兒，俊帥男驚呼一聲自顧自地跳開，雪芬一時閃避不及，被機車擦撞而過，整個人滾到山腰邊，碎石子和樹枝硬生生插進雪芬的小腿肚，鮮血瞬時如洪水般汩汩流出。此刻，俊帥男箭步過來想扶起雪芬，一眼瞧見大片鮮血，俊帥男居然……

咚！昏倒了。

後來，是雪芬一個人處理了一切混亂的局面，包括負傷招來路過的轎車，央請他們協力架起昏死過去、重得像隻大象的俊帥男，顧不得她自己的傷口劇痛，還得忙著拍喚俊帥男。在送醫途中，俊帥男終於悠悠醒轉過來，察覺到自己的失態，他急著辯解道：

「我、我從小就怕見血，一看到血就……就會……昏倒。」

當雪芬在外科診療室縫合傷口時，俊帥男自始至終都不敢踏進診療室半步。

「男人也會怕血嘛，這不算什麼？」好友們都覺得雪芬太小題大作了。

「是呀，是不算什麼，以後如果出了什麼小意外，我是不

是得在處理麻煩之前，先處理他這個大麻煩啊？」雪芬實在不敢想像如果嫁給了俊帥男，有一天她要分娩了，萬一雪芬也要求他像自己的姐夫一樣進產房「陪產」，雪芬很懷疑，到時接生的醫師可能必須先救救昏倒在一旁的俊帥男。

「巨人的身高，侏儒的膽量；英雄的外表，懦夫的行徑。」雪芬在電腦鍵盤上叮叮咚咚 key in 新資料。

預想到懷孕生產？顯然，雪芬是太多慮了。

幾天後，雪芬無意間瞥見了俊帥男皮夾裡的身分證，她促狹地伸手一抽，「啊哈，看看你結婚了沒？」

雪芬真的真的沒料到自己的玩笑話一語成讖，俊帥男身分證上的配偶欄竟然——不是空白的！

俊帥男成了雪芬決賽名單中又一個淘汰者。

經濟基礎，是許多女人擇偶時的必要參考重點，不能說女人拜金，只能說現代女性愈來愈「務實」吧，這也是二號「企業男」能進入決選的主因。不到四十歲就擁有一家數百名員工的大公司，全身名牌、住豪宅、開名車，讓企業男具有「黃金單身漢」的超級魅力。

當然，如果不去計較他那副媲美恐龍的尊容的話。

　　因為生意往來，他們有過幾次的接觸。第一次正式的私人約會，企業男就開了輛拉風十足的敞篷跑車前來接雪芬，他把車駛進福華飯店地下停車場，帶著雪芬走入大廳，再一路穿過走廊，然後鑽進飯店後面小巷裡的牛肉麵店，叫了兩碗牛肉麵。

　　「這家牛肉麵超好吃的說。」企業男一副老饕口吻。

　　「嗯，好吃。」雪芬尷尬地應聲，覺得置身在這麼一家「平易近人」的店，自己一身過於正式的裝扮似乎顯得有些格格不入。

　　「我發覺妳好像很喜歡細緻小墜子的寶石項鍊，下回我選一條送妳。」企業男邊吃麵邊道。

　　「呃，不、不要破費啦！」雪芬連忙拒絕。雖然多金沒什麼不好、禮物也是多多益善，但她可不想被人以為是個貪圖對方財富的拜金女郎。

　　吃完了牛肉麵，企業男邀雪芬到他公司坐坐，之前他們都是在雪芬公司洽公，這倒是雪芬第一回參觀企業男的公司。雖然深夜辦公室空無一人，企業男還是志得意滿地引領雪芬參觀每個部門，最後來到他的董事長室，他從保險箱裡拿出了存款簿和一疊房地契影印本。

「這是我的存款和不動產,我在忠孝東路四段有兩間店面出租,一個月可收三十二萬房租,另外在中山北路……」

雪芬承認自己是有點愛慕虛榮,也很希望釣個金龜婿一輩子不用奮鬥,但是,對方這樣明擺著「證明」他的財富,總教人有些坐立難安。

後來的幾次約會地點,不是企業男口中「有名」的某家小店,就是企業男有會員資格「兩人同行一人免費」的俱樂部餐廳或飯店,席間,企業男陸陸續續承諾要送給雪芬「最近 Gucci 新推出的紀念錶」、「Chanel 某款高雅有型的套裝」、「Fendi 某款很配妳衣服的皮包」、「iPhone 最新款的手機」……

一直到雪芬決定不再與恐龍企業男交往為止,他們已經約會了近三個月,雪芬沒有收到任何一項禮物,企業男所承諾的「禮物支票」全部跳票!更誇張的是,最後那一次約會,他們在某聯誼社「會員一人免費」用餐完畢後,企業男順手抓了一大把牙籤,若無其事塞進他價值數萬元的真皮公事包裡。

「這樣一支一支分裝好的牙籤,最方便攜帶的說。」

男人可以小氣,那就不要裝闊;可以裝闊,那就不要連拿帶偷、貪小便宜;可以貪小便宜,那至少也要懂得稍微掩飾,不

要一臉理直氣壯。

　　雪芬曾聽說有位企業家，在外揮金如土，常常一晚在酒店光是小費就給了幾萬元，然而回到家連老婆上廁所用幾張衛生紙都要管，雪芬實在不敢想像自己以後怎麼過這種「金玉其外，摳儉其內」的生活。

　　「醜裡八怪加小氣巴拉、神氣活現又信口開河、愛放臭屁還有嚴重口臭……一無是處！」

　　打完這串結論，企業男自此從雪芬的電腦檔案中──刪除！

　　四號「教授男」是北部某國立大學「明星級」的教授，儀表非凡、談笑風生，再加上年輕未婚，是眾多女學生愛慕的對象，據說要選修他的課必須前一晚漏夜上網搶課，他的課堂常常人山人海、旁聽生擠到「難有立足之地」，受歡迎指數可見一斑。

　　在雪芬的「四高」──身高高、收入高、學歷高、社會地位高──評鑑下，教授男的得分僅略次於俊帥男。

　　某日相偕出遊，雪芬「客隨主便」，沒想到教授男就直接開到木柵動物園。一看到動物，教授男就開心得哇啦大叫，還不時學著猴子吱吱跳、跟著河馬張大嘴打呵欠，一下子又模仿無尾

熊睡懶覺的姿態，一會兒又學起企鵝左搖右晃走路的樣子……看著一個昂藏七尺的大男人學動物怪模鬼叫，那畫面還真不是「普通級」的爆笑。

不過，英俊的男人固然叫女人著迷，童心未泯的男人對女人卻更有致命的吸引力，尤其像雪芬這種「母性過度氾濫」的女人，教授男的孩子氣反而具有另類的獨特魅力。

儘管如此，當雪芬來到教授男的房間時，還是被滿屋的米老鼠、小熊維尼、動物玩偶嚇了一大跳。

「喜歡米老鼠的男人不會變壞，收集玩偶的男人不會變心。」一向以戀愛專家自居的莉欣，永遠有一套莫名其妙的謬論。

「但是，這樣的男人好像永遠長不大，我雖然很有母愛，但我可不要做一個大男孩的老媽子。」

「唉，妳沒聽過『男人不過是長高了的孩子』這句話嗎？男人，本來就是小孩子嘛！」莉欣結語道。

教授男的孩子氣還不算什麼，他動不動就「我媽媽說」、「我媽媽都那樣」、「我媽不喜歡這樣」，弄得雪芬幾近崩潰發狂。雪芬二十幾年來喜歡把飯泡在湯裡吃的習慣，是他媽媽認為的「窮人家才這麼吃」；她把自己的內衣褲和教授男的一起混在

洗衣機清洗，則犯了他母親「這樣男人會倒楣」的忌諱。至於，她喜歡躺在床上看書吃零食，更是「我媽說這是沒教養小孩的行為」……

天哪！她根本還來不及認識這位教授男口中「最偉大的女性」，她的一切生活習慣就已經嚴重得罪了「他媽的」種種原則。

這些「媽媽經」也還算小 case，直到她與教授男在某次激情雲雨中，教授男突然失控地喊出：「媽、媽──」不僅陡地讓雪芬從沸點降到冰點、自雲端摔到地獄，也讓雪芬毅然決定離開這個還沒斷奶的男人。

「心智幼稚，嚴重戀母，三十幾歲的年齡，五歲的心智，媽媽咪呀！我可沒有『戀童癖』啊！」

這是電腦中教授男檔案最後的一句話。

比起學經濟的教授男，三號「廣告男」是迥然不同的典型。廣告男阿哲是廣告公司的創意總監，這些玩創意的人似乎習慣把創意也玩在自己身上，一頭豪放不羈的長髮，不抽煙但抽雪茄，不吃牛卻喝牛肉湯，戴眼鏡但沒有鏡片，而他那輛 BMW 轎車裡面則完全比照垃圾車辦理，塞滿一堆吃的、穿的、用的、吃一半

的、不穿的、用完的……亂七八糟雜物。

廣告男的創意玩在愛情上，也教人驚喜連連。他會在利用拍攝廣告時，請所有藝人、工作人員錄下一句「阿哲愛雪芬」剪輯成短片，Line 給雪芬；午后突來的一場大雷雨，他請人送來雨傘，還附上短箋：「我是霸道的，絕不容許任何東西來碰觸妳柔嫩的、專屬我的指尖的、只有我能撫摸的妳的每一吋肌膚──即使是因妳而落入凡塵的美麗雨點也不行。」廣告男甚至在電視廣告文案中借自己的英文名字大膽地向雪芬示愛，他的情詩情書情話肉麻到徐志摩也會雞皮疙瘩掉一地。

他是浪漫多情而且溫柔體貼的，同時，他也是疏離冷漠而且捉摸不定的。雪芬邀廣告男和她的姐妹淘碰面，他不是推三阻四，就是推說臨時有事，好幾次他接到女人打來的電話（雪芬從廣告男的第一句稱謂招呼語判定對方是女人，總不可能有男人叫 Carol 或 Alice 吧？）廣告男會刻意離席到外面去接，回座後他會若無其事解釋道：

「我朋友打來的。」

幾回在公眾場合巧遇了他的朋友或客戶，他總這樣介紹雪芬：

「她是我朋友。」

而不是「女」朋友！

　這種情形一直到雪芬和他在飯店電梯「巧遇」為止。那天，雪芬送從澳洲返國探親的表姐回飯店，離開房間，踏入電梯，就在電梯門正要關上之際，進來了一對極親暱的情侶，兩人「你泥中有我，我泥中有你」黏成一團、似乎完全忘了旁邊還有一個人存在。為免變成電燈泡，雪芬只好站近按鈕目不斜視。

　要不是男人開了口，她也不會認出這對男女中的男主角。

　「寶貝，等一下乖，自己坐計程車回去，嗯？」男人對懷中的女人道。

　雪芬觸電般全身一顫，也許是她旋身的動作太猛烈，本來一直將頭埋在女人髮中的男人也抬起頭來，四目相對，只見男人在片刻的震懾後，隨即退後一步，拉開和懷中女人的距離。

　「嗨，真巧！」廣告男的聲音鎮靜得不帶一絲情緒，指了指身側的女人對雪芬說：

　「她是我朋友。」

　電梯門在這時開了，雪芬不假思索地往外走，大約過了十秒，一陣急促的腳步聲才自身後挨近，「唉，妳別誤會，她真的只是我的『朋友』而已，她……嗯，剛跟男友分手，我在安慰

她……」

安慰人安慰到飯店房間來了？雪芬不知道廣告男怎麼向那女人解釋，其實她早已耳聞這位廣告才子名聞遐邇的花名與情史，卻始終深信他跟別的女人只是逢場作戲，自己才是他感情最終的依歸、最後的去向。

在愛情中，女人常會近乎偏執地以為自己是如此特別而唯一，只有自己，才值得對方付出真心真意。

「她是我朋友」這句話粉碎了雪芬的鴕鳥心態，原來，在廣告男的「花名冊」中她並不特別，原來，「朋友」只是花心男子對情人們的泛稱！

「自以為是、虛偽花心、玩世不恭，爛！爛！爛！超級爛男人！」雪芬忿恨地把電腦鍵盤敲得乒乓響。

或許是花心廣告男真的傷透了雪芬的心，才會教雪芬「降低錄取標準」，讓這位貌不驚人、才不突出、錢不夠多的「平凡男」得以入圍角逐。平凡男只是個一般公務員，老實木訥又缺乏情趣，時常半天孵不出個蛋、放不出個響屁兒來，不過，他對雪芬的尊重和君子風度，比起一些男人見到雪芬的「急色鬼」德性，

倒是十分難能可貴。

　　有一回，他們在 U2 電影館觀賞影片，密閉的包廂是點燃慾火、方便男人「動手動腳」的絕佳場所，那天，他們看的是極煽情惹火的電影「美國舞孃」，當劇情推演到最高潮，雪芬趁勢靠向平凡男，她的眼神迷離、她的櫻唇微張、她的身體愈來愈傾斜……咚！

　　沒想到平凡男不但沒有「順勢而為」，還腰桿一挺、身子一側，閃了開來，害雪芬重心不穩，險些跌了個狗吃屎。雪芬惱羞成怒，嗔道：

　　「你幹嘛啦？好像碰到刺蝟似的，我這麼沒有魅力啊？」

　　「不、不是，我只是……只是……」平凡男急得猛犯結巴，「只是覺得不……不該佔妳們女生的……便宜。」

　　女生？都什麼年代、什麼年紀了，這男人還在女「生」？

　　雪芬突然覺得平凡男樸實得十分可愛，在這壞男人當道的年頭，老實忠厚的男人早該列入瀕臨絕種的「保護動物」了。然而，幾個禮拜後，平凡男的質樸憨厚就顯得有點不解風情了，好幾次，雪芬佯裝醉酒賴著睡在他床上，本想「酒後失身較自然」，孰料呆頭鵝居然非常君子地睡在床下，教雪芬的「失身計」宣告

「失算」。

　　儘管如此，平凡男的「尊重」還是換來雪芬的「看重」，順利擄獲了佳人的芳心。

　　在情關水裡來、火裡去闖蕩十餘載，雪芬總算悟出「平凡就是福」的真諦，外在的條件保證不了愛情，身高高也許個性很糟糕，學歷高可能 EQ 差到常發飆，收入高或許只是個大草包。女人真正要的應該是一個懂得疼惜呵護她的男人吧！

　　與平凡男訂了婚後，雪芬以為老實的平凡男總該有些突破「性」的行動，只可惜望穿秋水、等冷了被窩，平凡男還是不敢稍越雷池一步，在明示暗示兼投懷送抱無效後，身為時代新女性的雪芬決心來個「女霸王硬上弓」，藉著酒意，雪芬像隻章魚七手八腳「黏」住了平凡男，她解開了自己的上衣，開始一顆一顆剝掉平凡男的鈕釦。

　　「不要，不要，妳不要這樣啦！」平凡男極力閃躲雪芬的魔掌。

　　要不是志在必得，雪芬一定會被這麼荒謬的場面逗笑到滿地打滾。媽呀，通常說「不要」的不都是女人嗎？怎麼現在反倒變成男人在欲迎還拒、欲拒還羞呢？

「看來這男人還真不是普通的純情呢！」雪芬暗笑忖道。

當雪芬想要硬行剝開平凡男的褲腰帶時，她敏感地察覺到平凡男竟然──沒有生理反應！這簡直是對她女性魅力空前的侮辱，雪芬決定全力卯上，甚至不惜全身「武器」總動員，今晚一定要教平凡男欲仙欲死、欲死不能、慾火焚身……

啪！雪芬終於解開平凡男的褲腰帶，這時，平凡男陡地往後跌坐在地，雙手緊緊護住重要部位，「不──不要！」

雪芬挑逗地一步一步逼近平凡男，「你──不是要告訴我，你是處男吧？」

平凡男一步步退至牆角，「我不……不是處男。」

「難道說──」雪芬倒抽了一口冷氣，「難道──你不行？」

「我不不不不行，不是啦，我是說我不是不行。」平凡男的解釋教雪芬鬆了口氣，雪芬雖然不是好色慾女，但是，她可沒有聖潔到接受那種只有愛沒有性的婚姻。

平凡男滿臉通紅，期期艾艾接著道：

「只是，我……我想……我真正喜歡的是……男人。」

如果這一秒鐘雪芬能變成聾子，她會馬上俯身大呼三聲「哈

雷路亞」感謝上蒼的垂愛。天哪！她千挑萬選決定託付終身的男人竟是個「同性戀」！

雪芬心碎神傷地呆坐在電腦桌前，良久，終於在平凡男的檔案上輸入：

「……」

唉！無話可說。

在可以選擇時，放手

CHANGE YOUR MINDSET

沒有人是完美的

網路上有這麼一則有趣的急轉彎問題：

「請問好男人與停車位有什麼相似之處？」

答案是：「好的停車位都被佔走了，剩下的全是——殘障專用！」

夠諷刺吧？

好男人誠然難尋，過分悲觀倒也不必，其實，找對象真的就像找車位一樣，除了要眼明手快外，有時是不能做「過分」要求的，如果妳硬是要找一個位子夠大、又有遮雨篷、離家又近，而且完全免費，最好還有一位帥帥的猛男幫妳洗車兼看車，那麼，我想妳只好永遠在街上遛車！

不要去要求妳的對象十項全能兼十全十美，妳真的很難找到戲劇或小說中那種完美得接近神祇的男人——他對別人永遠不苟言笑，只對妳柔情似水；別人愛他愛得要死，他卻愛妳愛得發狂；他既浪漫幽默又老實木訥；既負責有事業心，又可以妳隨時一傳呼就工作擺一邊、衝到妳面前；他既溫柔又剛強、既嚴肅又風趣……除非這個人有分裂人格，否則兩種相反的特質很難同時存在一個人身上，木訥寡言的人怎麼能又幽默風趣？忠厚老實的人免不了呆板無趣；妳欣賞他很愛乾淨，也必須接納他潔癖過度的吹毛求疵；妳喜歡他的溫柔體貼，

可能得同時接受他體貼所帶來的優柔寡斷、包容他的溫柔連帶而來的懦弱膽小。

他吸引妳的地方，多半會附帶讓妳討厭的部分。妳無法單愛他的長處，只能連缺點一併「照單全收」。

妳不能要求他具有兩種截然相反的優點。熊掌與魚，妳只能選擇一種。

拜金無罪、只是容易心碎

如果愛情和麵包必須做取捨，妳會選什麼？

這是個「拜金無罪」的年代，愈來愈多人會毫不猶豫、坦白地大喊：「愛情誠重要、幸福價更高，若為金錢故，兩者皆可拋。」許多人都想藉婚姻攀上錦衣玉食的門階，於是，企業家或豪門第二代成了炙手可熱的結婚對象，儘管「一入豪門深似海」，不少人卻爭破頭想「下海」，指望著「節省奮鬥二十年」。

問題是，豪門真的這麼好嗎？

將愛情論斤秤兩賣給了金錢，值得嗎？

某媒體曾報導過一位國內某知名企業集團的媳婦（當然隱姓埋名，畢竟她還得在深宮幽苑裡待著），這位表面上風光亮麗、總是笑

臉盈盈的幸福貴婦，卻因丈夫在外拈花惹草，甚至公然有了私生子而長期求助精神醫師，來治療她嚴重的憂鬱症。

你看到的是她闊綽的出手、全身的名牌。

你看不見的是她精神的貧瘠、愛情的匱乏。

豪門子弟並非全是花心蘿蔔，但是，不可否認，戴著財勢的光環，確實要面對更多的勾引誘惑。

也許妳還是寧可在賓士車裡哭，也不要在天橋底下笑，那麼，努力禱告吧！祈禱妳的賓士車不要因為有太多人搭便車、或扎到外遇的釘子而爆了胎！

貧窮是愛情的墳墓

英國詩人山繆·詹森說：「只為金錢而結婚的人，其惡無比！只為愛戀而結婚的人，其愚無匹！」

一味膜拜愛情，全然視麵包如糞土，也不可取。

愛情可以不食人間煙火，婚姻卻離不開柴米油鹽。

在談戀愛時，妳願意苦哈哈地跟他共喝一杯泡沫紅茶，分吃一碗泡麵，那是因為喝完紅茶、吃光泡麵後，你們會各自回到自己的家和生活；一旦結了婚，房屋貸款、子女教育費、每一天的水電要開銷，

每一餐的飯錢得張羅，埋怨數落會取代甜言蜜語，焦急籌錢會讓你們忙得沒空也沒心思去花前月下、卿卿我我。婚姻就是生活，而生活就是金錢，妳再夢幻，也得面對這個事實。

「貧賤夫妻百事哀」，貧窮，確實是愛情的墳墓，一旦走入婚姻生活，再深刻的情愛也很容易被啃蝕得屍骨無存。

真愛十分可貴，但是，沒有了麵包，愛情無法偉大。

想清楚你要什麼？

幾個未婚女子嘰嘰喳喳，哀嘆真情難尋：

「好男人不帥，帥男人不好，又帥又好的男人是同性戀，又帥又好又是異性戀的男人都結婚了。不是很帥但很好的男人卻沒有錢；不是很帥但是又好又有錢的男人，會認為我們看上的是他的錢，而沒有錢但是很帥的男人，看上的是我們的錢！」

夠辛辣吧？還沒完呢！

「不是很好但是很帥又是異性戀的男人，卻嫌我們不夠漂亮；又好又有錢又是異性戀又覺得我們漂亮的男人，卻沒膽量採取主動；那些從不主動的男人，一旦我們採取主動，就對我們失去興趣，唉……現在到底有誰瞭解男人這東西？」

這些現代剩女的喟歎，似乎頗有幾分真實性，不過，話說回來，那種又好又帥又有錢又是異性戀又對我們有興趣又敢於追求的Perfect man 世間有幾人？真有這樣十全十美的完美先生，又有幾個人配得上呢？

　　在選擇對象前，與其列一長串擇偶條件，倒不如想想哪項是妳「最」在意的？

　　有愛情潔癖的人，「忠實」是擇偶第一要件。

　　重心靈溝通的人，首要考慮的是對方能否與妳有相同的精神層次。

　　講究生活品質的人，對方的品味攸關妳的婚姻品質。

　　喜歡平實家居的人，對方是不是「顧家愛家」可能比「事業成就」更重要。

　　希望住的是雕樑畫棟、出入有司機、血拚無上限，那麼，對方的經濟狀況是妳考慮的重點。

　　不要奢求十全十美的對象，妳只能求仁得仁。

　　所以，想清楚些，妳求的是什麼？

　　用「完人」標準擇偶，容易受挫。

而用過去經驗來選對象，則更加容易出錯。

　　我們往往因過去戀愛經驗而選了完全相仿或相反的對象。也許妳對舊情人還思念綿綿，於是下意識選了與他相似的複製品；也有可能上任情人是妳一生最錯誤的選擇，所以，妳從善如流找了個完全不同的新對象。結果，不是重蹈了覆轍，就是矯枉過正。

　　其實，每段感情、每個情人都是全新的體驗，妳必須拋掉過去、忘記以前，用全新的眼光來看待新的感情，看清楚妳真正想要、最想要的是什麼，不要老是在愛情天秤中跑東跑西，最後落得孑然一身而已。

愛的強弱

———

CHAPTER 03

妳的心，要學著堅毅勇敢；
但妳的外表，要偶爾包裝成脆弱依賴。

三人份的愛情大餐

————

　　玫瑛怔怔地坐著，任顏昕遠在她的懷裡哭得像個孩子。

　　事情一定非同小可，否則，這男人雖然怯弱無能也不致慌亂如斯。她沒有給他任何安撫勸慰，只是等著，等顏昕遠揭開謎底。

　　她有山雨欲來的預感。

　　她的預感向來很靈。

　　「有個……」顏昕遠欲言又止道，「有個人想……見妳。」

　　「有個人？是個女人，對嗎？」玫瑛試著讓自己的聲音聽來平穩而冷靜。

　　顏昕遠艱難地點了點頭。

　　玫瑛在心中設想過幾十種可能，沒想到卻是最糟的一種。

　　「她是誰？為什麼要見我？我認識她嗎？」

　　「妳不認識，她是我們行銷部的助理，叫吳郁晴，來我們部門半年多了，一直到四個月多月前……」顏昕遠吞吞吐吐地細說從頭，那時，他工作陷入空前低潮，雖然是在家族企業任職，嚴格說來也算是企業第三代，但表堂叔侄間的權力傾軋、爭權角力卻更是洶湧慘烈，擔任行銷協理的顏昕遠因為一樁合作案的誤判使公司虧損了近千萬元，責難與質疑排山倒海而來，幾乎要吞噬了顏昕遠，就在那當兒，吳郁晴適時撫慰了顏昕遠，兩人一時

意亂情迷有了親密關係。

老套的橋段！

應該怨恨的、應該不甘的！畢竟被相愛四年多的男友背叛了，可是，玟瑛沒想到自己的心竟空蕩到只出現這樣一句話——真老套的橋段！

顏昕遠訕訕地辯解著：「妳也知道，男人在脆弱時，是很⋯⋯失控的。」

我不知道！玟瑛在心裡喊道，我只知道不論何種情況，背叛就是背叛！

「發生那樣的事，你為什麼不來找我？」玟瑛問。

溫室中培育出來的企業第三代雖然受到最高教育，卻懦弱而膽小，相較於白手起家的玟瑛剛強又好勝，恰巧是強烈的對比，或許，這種「互補」正是當初兩人相吸的主因。顏昕遠的儒雅溫文，包容了玟瑛的暴躁激進，而玟瑛的明快果敢，彌補了顏昕遠的怕事寡斷。有一回，顏昕遠的表哥上司又把過錯全盤栽給了他，是玟瑛鼓勵顏昕遠挺身為自己辯護，也是玟瑛一手運籌帷幄，協助他將表哥製造出的危機迎刃化解掉的。

從來玟瑛都是顏昕遠的心靈捕手，負責捕接他的沮喪與難題。

「那次，我第一個就想找妳訴苦，可是，當時妳人在國外。」

玫瑛想起來了，那時她在南美洲考察，緊湊得足以整死人的行程教她每天幾乎都爬著上床、倒頭便睡，玫瑛總是支撐著疲倦不堪的身軀，計算著台灣的時間，一通又一通撥電話給顏昕遠。

玫瑛想起來了，有一晚，一整個晚上，她一直聯絡不上顏昕遠。那晚，她的手機摔壞了，在南美洲某小鎮蕭颯冷冽的寒夜裡，她站在距餐廳十餘公尺遠的電話亭前，瑟縮著脖子、數著銅板，以凍僵的手指一次又一次按下冰塊似的字鍵——應該就是那晚，顏昕遠卻偎靠在另一個女人的胸脯間，汲取溫柔。

玫瑛全都想起來了，也想起來接機時的顏昕遠，過度的熱情顯得有些矯柔。

「妳回台灣後，我跟她提出了分手，我是真的真的很愛妳。」顏昕遠刻意加重了最後一句，「可是，我沒想到她割腕又吞了一堆安眠藥，我……我不能見死不救。」

是不能見死不救，還是人性的貪婪、妄想腳踏兩艘船？

抑或，男人的僥倖心理，不到最後關頭不做抉擇？

所有的情緒，都被玫瑛小心熨貼在自持裡，她面無表情地瞅著眼前的男人。應該還有更大的風暴潛伏著！光是這樣，是不

會讓一個男人如此失態的，她在等著最可怕的謎底揭曉。

「我承認我很脆弱，把持不住自己，但人終究是感情的動物，怎麼可能說斷就斷呢？」

謎底顯然叫人十分難以啟齒，他才必須這般大費周章迂迴舖排。「然後呢？」玫瑛問。

「然後……」顏昕遠深吸口氣，「然後，她在公司不舒服昏倒……被我的叔叔、也就是總經理發現了……整個家族雞飛狗跳，因為，因為……她懷孕了。」

答案揭曉！男人有鬆了一口氣的釋然，好像問題一丟出去，問題就不再是問題了。

玫瑛的身體像風中抖落的葉子簌簌地顫抖起來。果然，又是最糟的一個答案！

玫瑛茫然地起身、穿過顏昕遠，連多看顏昕遠一眼也沒有。

玫瑛痛恨自己的泰然冷靜，應該哭天搶地的，應該狠狠甩他兩個耳光的，應該告訴他醫院檢查出來證實自己也懷孕了……

至少，應該像眼前這女人一般楚楚可憐、未語淚先流。

玫瑛突然覺得有點好笑，明明自己是整樁事件中最無奈的受害人，此時的局勢卻讓自己看來宛如施害者。

女人垂著臉不時揚手拭淚，顏昕遠無意識地攪著咖啡，將咖啡打成一圈圈混濁的漩渦，沒有人開口。

「孩子……，胎兒多大了？」還是玟瑛先打破了靜默。

「三個多月了。」那個叫吳郁晴的女人聲音小如蚊蚋。

「妳準備怎麼辦呢？」

「我……」女人抬眼瞅了顏昕遠，聲音愈加哽咽，「我也不曉得。」

「妳知道我們已經訂婚了嗎？」

女人無言地點頭，用目光向顏昕遠發出求救。

終於，顏昕遠停止攪拌咖啡。「我在想……有沒什麼兩全其美的方法？」

兩全其美？玟瑛忍不住狂笑出了聲，一個男人夾在兩個女人之間，一邊是相戀多年即將成為他太太的女人，一邊是即將成為他孩子的媽的女人，無解的三角習題，可以有解嗎？

玟瑛笑得眼淚都迸了出來。

顏昕遠困窘得漲紅了臉。

女人見顏昕遠茫然無措，猛地抽抽噎噎起來。

「妳不……不要哭。」顏昕遠拍著女人的背，抑聲安慰道。

笑，邃地自玟瑛臉上斂褪；淚，卻像決堤的洪水乍然湧起。朦朧中，她看到了過去，也看到了那個多年前她曾深深愛過的男人，八年了……

　　八年前。

　　那男人，那個叫永傑的男人卻看也不看玟瑛一眼，這是第一次，他的眼睛不看她。她喜歡永傑的眼睛總是分秒不離、灼灼地盯著她，現在，永傑只看著他身邊的那個女人，他的太太。

　　「我知道，你們在一起有一段時間了。」永傑的太太冷峻道。

　　「對不起，我……」玟瑛侷促地應道。身為第三者，本就立場難堪，一旦撞著「正宮娘娘」，更是尷尬困窘。

　　其實，與永傑在一起後，她就曾無數次想像過被逮獲或三人談判的畫面。第三者是沒有容身之地的，不管兩人多麼相愛，宿命的悲劇無法改變，玟瑛只能懷抱著對永傑的愛、相信永傑是愛她的，繼續不見天日的情婦生涯。她真的無法不愛永傑，從他第一次拉起了跌在泥潭中弄得全身污泥的玟瑛開始，當玟瑛走進總經理室看到應徵主試者就是剛才拉起她的男人，命定的相遇，誰也無法逃脫，她愛他的男子氣慨、愛他泰山崩於前而面不改色的堅毅鎮定、愛他的機智穩重、愛他對她的寵。

　　她拒絕永傑饋贈的名牌衣飾，更不要永傑替她買下那間兩人幽會的套房，連永傑要將她從行政助理升任總經理祕書她都回絕掉。朋友罵她傻，說那些不過是永傑的九牛一毛，但是玟瑛不要，她不要他們的愛情染上任何金錢的色彩，她愛他，只是因為他是他，就算永傑一無所有，她也要他。

　　只是，她還是要不到他，因為他是另一個女人的。

　　「永傑，幫我去洗手間拿幾張衛生紙，好嗎？」永傑的太太柔聲道。

　　永傑順從得像個聽話的孩子，迅速瞥了玟瑛一眼後，起身往洗手間去。

　　玟瑛怔然看著永傑，他是她威權的王、是她狂桀的猛獅啊！為什麼他也是一匹被馴服的馬？

　　「妳永遠不會得到他的，因為我們有太多過去的基礎，還有更多未來的牽扯。」他太太瞠目冷聲道，「我們一起在美國唸碩士、修博士，我們有一雙兒女，有一大群共同的朋友，我們認識十三年了，而你們呢？一年？兩年？」

　　十三年是愛情，難道兩年就不是？玟瑛在心裡應道。

　　「我可以告訴妳，我不會放手、不會離婚的，必要時，我

會讓妳身敗名裂、萬劫不復，到時，妳求饒也沒……」冷狠語聲未落，女人陡然地拉拔聲音嗚咽了起來，「我求求妳，離開永傑，好不好？沒有他，我活不下去……」

玫瑛被眼前這女人情緒的轉折劇變著實嚇了一跳，直到永傑走近，女人的抽噎愈形誇張，玫瑛才恍然明白。

「……十幾年來，我只有永傑，沒有他，我活不下去……」

女人的傷心欲絕，讓向來沉穩的永傑慌亂無措了起來，只顧一逕摟抱安慰著她——完全忘了一旁的玫瑛。

原來，在只有兩個人時，她是永傑的一切，一旦面對婚姻、面對另一個女人，她丘玫瑛就什麼也不是。

「周太太，您……放心，我會離開周總的，對不起。」玫瑛踉蹌地奔出餐廳，再多待一秒，她一定崩潰發狂。

那天以後，她託人送上了辭呈、拒接永傑的任何電話，努力試著離開。然而，畢竟愛太深、情已濃，當永傑第四次來到她新的住處時，情感還是背叛了理智，她哭著撲向永傑的懷裡。

久別乍重逢，兩情益繾綣，猛地，永傑的手機響了，顧不得懷裡的玫瑛，永傑抽開了身，衝出套房，頭也不回，只丟下一句：「我太太，她——自殺了。」

第三者，終究沒有活路，再多的愛，也是枉然！

那晚，過了好幾小時後，玫瑛的電話終於響了。

「我剛從醫院出來，她吃了安眠藥、泡在冷水浴缸中弄得發高燒，又出門開快車，好在只撞到路樹……」永傑的聲音有濃濃的悔恨與疲憊，「我答應她，從此……不再見妳。原諒我，沒有我，她活不下去。」

「那我呢？」

「妳夠堅強，沒有我，妳也可以活得很好。」

堅強，錯了嗎？難道堅強的女人就應該被傷害、被辜負嗎？

她也可以像他太太一樣以死相逼，她不做，是不想永傑為難。

堅強，讓她失去了永傑。

其實，她並不如別人以為的堅強。失去了永傑，嚙骨蝕心的痛楚蔓延了好幾年，好不容易，她站了起來，在事業上闖下了自己的一片天，終於能再愛、也能被愛。

兩個性格迥異的男人，周永傑剛強成熟，顏昕遠天真溫儒，卻同樣讓玫瑛陷入三角關係的局面。這般精彩的「三角對決」，絕大多數的人一生難得一見，她卻碰到兩回。

不同的是，上回她是介入者，這回換她被介入。

顏昕遠仍無措地安慰著那個女人。為什麼男人無論是剛強或怯懦，一旦面對女人的哭泣就變得無能為力了呢？就在這一刻，玫瑛似乎已預見了結局——顏昕遠放不掉那個女人的，因為他認為那女人需要他，沒有他不能活，他怕，怕那女人會尋死。

　　「負心漢」和「殺人犯」之間，男人寧可選當前者。

　　玫瑛突然希望自己也能像那個叫吳鈺晴的女人一樣嬌弱愛哭，也許只要她這麼一做，局勢會逆轉過來，她會看起來更像一個值得同情的受害人，顏昕遠會像捨不得吳鈺晴一樣，捨不得她。

　　也許，能繫住男女兩人的，不只是愛，還得有牽掛。

　　愛，讓兩人在一起；牽掛，卻讓兩人分開不了。

　　玫瑛沒有這麼做，藉著撥開劉海，她拭掉了眼淚，沒有人，看見她的軟弱和心碎。

　　她拔下了戒指，深吸口氣。

　　「顏昕遠，沒有婚禮了，我們分手吧！」

　　把戒指「咚」地丟在顏昕遠的水杯裡，趁著理智還沒決堤，趁著堅強還能武裝，玫瑛衝出了餐廳。

　　刺亮的陽光扎得人雙眼發疼，再一次要跟愛情說再見，如果可以，她，不想再堅強了。

偶爾，可以學著軟弱

CHANGE YOUR MINDSET

　　一個女人會被拋棄，不是她不夠好，也不是對方不夠愛她，有時，只是因為──她夠堅強！

　　因為她夠堅強，所以她應該不怕受傷害，即使受了傷害，也會站得起來。

　　因為她夠堅強，所以就算分手了，也不致尋死尋活，男人不必擔心揹上「間接謀殺」的罪名。

　　因為她夠堅強，所以她可以受傷、可以被辜負、可以被放棄。

　　這是男人的負心邏輯。

男人的負心，不合邏輯

　　堅強、勇敢這些性格上的優點，在愛情中反而成了女人致命的缺點，它會讓男人在面臨兩難的抉擇時，「兩害相權取其輕」。

　　如果註定得辜負一個時，男人會先考慮哪一方會帶給他比較大的災難：那個女人可能會大哭特鬧，弄得男人事業受擾、工作不保；她可能會想不開殉情，讓男人揹負「我不殺伯仁、伯仁卻因我而死」的罪名……在這番考量下，放棄另外那個比較堅強、比較不會反彈的女人，顯然「損害」較輕。

在面臨抉擇時，男人的怕麻煩本性，會促使他自然而然選擇一個最有利、最能保護自己的位置。

　　會吵的小孩有糖吃，會尋死的情人不容易被拋棄！

　　表面上看來是「同情弱者」，其實，男人怕的是情感勒索、怕的是後續紛紛擾擾的混亂局面。

　　就是怕麻煩！

沒有人能主宰別人的生與死
在愛情的競技場上，女人喜歡強者，男人卻往往選擇弱者。

　　很多男人喜歡說：「我不能離開那個女人，因為沒有我，她活不下去。」

　　真是自大狂妄又自欺欺人的動物！

　　說這話的同時，男人是驕傲自負的，他認為自己是重要的、不可取代的，是保護柔弱女子的偉大英雄，而不是「對不起另一個女人」的負心漢。

　　「我不是故意要負妳，但如果離開她，她可能會死呢！」

　　死者為大，負心總比謀殺好。

「妳是個堅強的女人，沒有我，妳一樣可以活得好好的，可是，失去我，她只有死路一條。」

　　她是菟絲花，君是女蘿草，不依附女蘿草，菟絲花活不了。

　　問題是，沒有他，她就一定活不了嗎？

　　沒有他之前，她又是怎麼活下來的呢？

　　沒有人會因為沒有了誰就活不下去！她會因為失去最重要或摯愛的人而痛不欲生、生不如死，她會覺得生無可戀、想自我了斷，但是，時間是傷痛最好的解藥，歲月在流走、傷口在癒合、悲痛在褪淡，她會好起來、重生過、活下去。

　　再深、再烈的痛，都會在歲月洗滌後，變得風輕雲淡。

　　而為什麼男人還堅持「沒有我，她活不下去」呢？

　　這不是對弱者的保護，也不是對女人的疼惜。

　　這是男人的自大。

　　以為自己主宰了別人生與死。

誰說堅強女子不溫柔？

　　有首歌其中幾句歌詞是這樣的，「你選擇了她，只因為她比我

更脆弱⋯⋯」

　　妳被放棄了，居然是因為妳比較堅強、比較承受得起，這理由真是教人欲哭無淚！

　　更教人欲哭無淚的是，周遭其他人的「堅強女人不可愛」理論。男人的堅強獨立是有骨氣、有擔當，而女人的堅強獨立為什麼經常會被解釋成強悍霸氣、強勢撒潑，甚至和「沒有女人味、不溫柔」劃上等號？

　　所以，一個男人離開女人最堂而皇之的理由是「她脆弱、而妳勇敢」。他選擇了弱者，這證明他是同情保護弱小的勇者。而妳這位被拋棄的女勇者，不但沒有博取被拋棄的同情，反而容易被旁人指責：「哎，妳就是太強悍了，男人最怕妳們這種女強人了」、「妳這麼獨立自主，讓男人多沒成就感，女人呀就是要溫柔聽話嘛」⋯⋯

　　根本是強詞奪理！

　　幾年前，某位民意代表因和女記者發生婚外情、珠胎暗結，而鬧得滿城風雨。民意代表在與結褵十幾年的髮妻辦理離婚時，還理直氣壯地引述一段故事以證明他的負心有理。他說，有一次他在香港遇到了極大的挫折，他打電話給妻子，妻子只淡淡說：「這件事我相信你處理得來。」接著，他又打給記者情人，情人馬上向報社請了假，飛到香港，飛奔到他身邊。

這段過往一公佈，許多人開始一面倒，同情並且「合理」了民意代表的婚外情，溫柔女子萬歲！強悍髮妻退位！

　　那位「悍妻」在簽署離婚協議時，也禁不住提出了控訴，她說，如果沒有強悍獨立的個性，當男人因政治因素而鋃鐺入獄時，她一個女人要如何扛起一家老小的重擔、照顧他的父母和他們的孩子呢？如果沒有這樣勇敢堅強的性格，她如何陪男人走過人生低潮、一步一步走向國會殿堂？如果她只是一介弱女子、是男人最喜歡的那種需要依附男人而活的弱女子，驟逢一連串的苦難劇變，男人垮了，她也倒了，那麼一家老小怎麼辦呢？

　　成也蕭何、敗也蕭何，女人的堅強成就了她的男人，最終卻成為男人拋棄她的理由。

　　事實證明，分手沒有理由，只有藉口。向溫柔美嬌娘靠攏了幾年後，民意代表又外遇了，這回，是某女企業家，正當所有人還在驚詫錯愕、等他合理的「解釋」時，他又離開女企業家，愛上另一個女人了。

　　這回，他只得乖乖俯首：「我承認我很花心，無法滿足於一個女人！」

　　明明是自己花心無情，卻還栽贓老婆不夠溫柔，這等男人豈一句「可惡」了得？

脆弱，有時是更強勢的爭取

堅強，是好的。

讓男人以為妳是脆弱的、沒有他無法活，有時，也是好的。

即使妳是剛強的巨木，偶爾，妳也可以是菟絲花，因為男人總想當英雄、當救世主，喜歡被依附、被需要。

文學家威廉·詹姆士說：「人類本質中最殷切的需求是——渴望被肯定。」在愛情中，男人都渴望被「沒你，我不能活」這樣的肯定。

不必總是堅強優雅地活著，偶爾妳可以放肆縱性來反擊男人的自私自大。

妳可以哭鬧，但別把男人搞煩。

妳可以失魂落魄，但一定要讓男人知道。

妳可以偶爾尋死尋活，但要適可而止，千萬別弄假成真；最重要的是，讓男人知道——妳也會心碎、也不能被辜負、也不能沒有他。

就算妳很清楚，失去他，妳仍會活得好好的，也千萬別讓他知道。

或許，女人應該要學著有顆堅毅勇敢的心，也要學著包裝自己有個脆弱且依賴的外表。可以勇敢獨立、也可以溫柔軟弱。

脆弱，有時是更強勢的爭取。它讓男人不敢輕易放棄妳，因為他不知道背棄妳以後，他要面對什麼樣不可收拾的殘局。

愛的輕重

——

CHAPTER 04

最不怕失去的人，
才是愛情中的強者。
愛得太多、太重，
註定受傷吃苦。

翹翹板的愛情遊戲

第十四天了。

整整兩個禮拜，只要手機一響，馨瑤的心就蹦跳得幾乎快彈出咽喉，是——他嗎？

一次又一次的期待，一回再一回的失望。是不是等到心都碎成了絕望，就可以不必癡心等候？

總是這樣的，磊翰總會在她決定要放棄這段感情時，像久旱後的一場及時雨，翩然出現在她面前，粉碎她的決心。

「我好想妳。」潘磊翰說。

「可是，不見面的時候，你都不打電話給我，也不接電話。」她說得幽幽怨怨。

「我忙啊，妳也知道我剛到這家公司，老闆十分重用我，總是交派給我一堆大 case，像這次和美國客戶的案子一旦談成，就佔我們公司年營業額的五分之一，還有……」磊翰又開始口若懸河地誇耀起自己的豐功偉業。

馨瑤逼著自己裝出一副聽得津津有味的模樣，還不時夾雜著幾聲仰慕的讚歎。其實，她根本不必如此費心，就算她累得擺出意興闌珊的神態，磊翰一樣可以眉飛色舞說上兩小時。

逮著了空檔，馨瑤連忙打了個岔，「再忙，打通電話也不

用一、兩分鐘吧？」

　　有時，馨瑤覺得自己像獨守空閨的怨婦，癡癡切切守著情郎到來，守著、等著，等成了望夫石。像今天，她正跟幾個要好的姐妹淘一道相約吃晚飯，菜才剛上桌，好幾天杳無音訊的磊翰一通電話打來說想見她，然後要她半小時內「務必」趕到這家郊區的日本料理店，她只好在眾人揶揄她「重色輕友」中帶著歉疚與狂喜躍上計程車。磊翰向來沒有耐心，只要她遲到，少不了一副不悅的臭臉。馨瑤其實很討厭日本料理，一大堆生的、奇奇怪怪的東西，看了就噁心反胃。她勉強自己將就，因為磊翰愛吃，而她愛磊翰。

　　「打通電話？唉，我哪有時間啊？忙都忙翻了，但是相信我，我雖然沒打給妳，卻分分秒秒把妳放在……這裡。」磊翰一手指了指自己的心臟，一手橫過餐桌抓起馨瑤的手，無限深情地在她手背上印下一吻。

　　接著，離開餐廳，磊翰會在她的床上用最狂烈的激情，不斷反覆告訴馨瑤他有多愛她。激情過後，磊翰會溫柔地摟緊她、徹夜吻她。在這樣的夜裡，所有的傷心都被撫平、怨懟全被消弭，她會忘了立下的分手狠誓，只是貪婪地像荒漠中終於尋到水源的

旅人，一逕啜飲著情愛的泉水，完全不記得旅程中乾渴難當的痛楚。

沒有永遠的黑夜，黎明總是要來。磊翰扣好衣服、提起公事包，俯身給還在依戀不願醒來的馨瑤一個輕吻，「我愛妳！」轉身，關上大門，砰！

砰！瞬間也把馨瑤的心炸成廢墟。

她曾愛過幾回，而且愛得不比現在愛磊翰少，以前當她的男人從她的床上離開，她不會像被遺棄的小狗般這麼失措茫然，因為她知道他們會回來，但是現在只要磊翰離開這屋子，她就有一種生離死別的感覺，再相見彷彿遙遙無期。

縱使兩人親暱如夫妻，他不曾給過她任何承諾或確定。一走出馨瑤的視線，磊翰就像脫了手的風箏，飄飄蕩蕩，無從控握。

她試過主動打電話給磊翰，他總是冷淡而不耐的說：「我正在開會！」、「我在忙！」、「我有事！」

馨瑤來不及多說，話筒那端就傳來掛斷的聲音。每回，馨瑤總要怔忡半天——電話中冷酷淡漠的人，真的是那個在她面前深情似海、在她床上熱情如火的男人嗎？好幾次，她賭氣似地試著不跟他聯繫，想瞧瞧誰撐得久，結果，徒然弄得自己風聲鶴唳、

神經兮兮，手機鈴聲一響，心情就七上八下，「會是磊翰打來的嗎？」

　　而每隔一段日子，磊翰卻總可以無風無浪、若無其事地出現在她眼前。

　　「你到底把我當什麼？」馨瑤嗔怨道。

　　「妳已經問過一百遍了，小姐。」磊翰十分不耐地嘆了一口氣，「每次見面妳不是在生氣、就是在抱怨，這麼大的壓力，我怎麼會不怕跟妳見面嘛？」

　　「可是，我……」

　　磊翰用緊擁阻斷了馨瑤的問話，「我把妳當成想共度未來、白頭偕老的女人。可是，現在我正為了我們的將來打拚，妳卻老是歇斯底里亂發脾氣，有時還一天打了五、六通電話……」

　　「那是因為我留言或簡訊，你都不回。」

　　「我沒回就代表我在忙嘛！」磊翰邊說邊剝下馨瑤的衣鈕。

　　「不要啦，我在跟你講話啦──」她微微掙脫掉，「你讓我很沒有安全感，我不知道你平常去幹嘛、假日在做什麼、有沒有跟別的女人在一起……」

　　「我忙都快忙死了，哪有美國時間去找別的女人？我的心

裡只有妳、只有妳……」

　　伴隨著甜言蜜語的是磊翰猛烈的激情，她的防線會潰堤、理智會傾圮，接著，就是同樣的劇情上演，上床、離開、失蹤，等到馨瑤再度瀕臨崩潰時，磊翰又會霍然出現了。

　　她痛恨這樣的周而復始，更痛恨心軟的自己。

　　與小菁吃頓晚餐，小菁的電話就響個不停，是她男友打來的。

　　「……好啦，我跟朋友在吃飯，我晚上回去如果不太晚就打電話給你……好啦好啦，不管多晚都打給你，可以了吧？」小菁不耐煩地匆匆掛線。

　　「妳男朋友很關心妳嘛，一下子打來提醒妳吃藥，一下子又問要不要來接妳，真好！」馨瑤豔羨道。

　　「好個頭！氣死人了，每天都要打好幾通電話，兩天沒見就拚命找我，煩死了。」

　　「沒見面，妳不會想念對方嗎？妳不會想朝夕和對方廝守嗎？」

　　「還好啦，」小菁一派瀟灑自在，「我最近學到一句話：『兩

情若已是天長地久，又何必朝朝暮暮？』朝夕相處，多膩啊！我的生活又不是只有他一個人，我還有工作、還有朋友、還有很多有趣好玩的事。」

　　「妳真看得開，不像我，是苦守寒窯十八年的王寶釧。」馨瑤實在弄不懂男人到底是怎麼一回事，像小菁相貌、身材、學歷、成就樣樣遠遠不如她，但是，小菁總能幸運地碰到優秀又真誠的男人，而且每個男人都把她放在心頭疼惜、捧在手心呵護，倒是小菁對每個情人似乎都有些可有可無。

　　馨瑤記得幾個月前她開車陪小菁送她的男友出國。機場，兩人難分難捨，這一別逾半載，小菁哭得淅瀝嘩啦，教一旁的馨瑤看了也不禁動容，然後，男人前腳上了飛機，小菁就在門口對一位帥氣英挺的空少大拋媚眼。馨瑤忍不住糗起小菁，小菁倒是理直氣壯反駁道：

　　「剛剛的傷心，是心情；現在的動心，是生活。他走了，我日子總還是要過吧！」

　　小菁的灑脫，馨瑤永遠也學不會。

　　小菁的好運，馨瑤似乎也只有羨慕的份兒。愛情是需要一點運氣的，有時，一流的人總是和一流的對象緣慳一面。一流的

馨瑤沒有一流的愛情運。

「磊翰又失蹤幾天啦？唉，我要是妳才不管他死活呢。妳呀，就是什麼都太認真。」

「認真，不好嗎？」難道該像妳這樣玩世不恭嗎？她吞下後面這句話。

「也不是說認真不好，但是太認真會讓妳失去彈性，變成一個太緊繃、太神經質的人。有時，把對方放在生活的重心，不但不會抓住對方，反而害自己離不開對方，對方也會因為妳離不開他而有恃無恐、更不在乎妳。」

「這不是很不公平嗎？你愈愛、愈在乎一個人，他反而愈不愛、愈不在乎妳。」馨瑤憤慨道。

小菁點起了一根煙，不時瞟向對桌一位俊秀挺拔的男士，「哎，男女之間就像玩翹翹板，愛太多，妳這邊就會變得太重，然後摔到地上，對方卻被拱上了天。妳看，像我偶爾放多一點、偶爾又不理不睬，一下子捧他上天、一會又摔他下地，有上有下，翹翹板才玩得起來嘛！」

「我也試過完全不理不睬、不跟他聯絡，結果，他比我更能ㄍㄧㄥ，十幾天音訊全無，他一點也無所謂，真把我嘔死了。」

　　「他是真放得下，妳卻是假硬撐，當然妳會嘔死苦死氣死。話說回來，如果他真愛妳，應該會──」小菁端起杯子，學著廣告影片的口吻，「再忙，也要跟妳喝杯咖啡。」

　　「別說喝咖啡了，連我打電話給他，也都接匆匆、掛也匆匆。」

　　「他對妳這麼無所謂，只有兩種可能：第一種，他還有別的女人，這種『花心男』不要也罷！第二種，他是個只愛自己的自私鬼，這種『愛無能』，要他幹嘛？」

　　馨瑤很清楚磊翰不是個好男人，卻戀著他偶然即興的柔情。好幾次她提出分手，磊翰就會又是鮮花巧克力、又是懺悔自責：「都是我不好，女人是需要有人陪、有人疼的，我一定會盡量騰出時間來多陪陪妳。」

　　有一次，他甚至掛了電話立刻請了假，飛奔到馨瑤出差的高雄，整整陪了她兩天，然後一路送她回臺北。那次，當她看到磊翰乍然出現在眼前，一陣鼻酸，竟當場感動得哭了起來。

　　「那算什麼？有什麼好感動的？不過是無情男人偶發性的溫柔罷了！我哪個男人不是每日接送、晨昏定省的？」

　　馨瑤幽幽應道：「妳命比較好、比較幸運。」

「才不是呢，妳看妳，人比我漂亮、身材又棒、又是美商公司主管，但是妳就是吃虧在太看重愛情、太看重男人。妳呀，不要把男人當皇帝侍候，要把他當成狗，有時摸摸牠、有時就踢踢牠。太寵了，他會爬上天，看扁妳。」

「我就是沒辦法像妳一樣，把男人罩得死死的。」

「我這叫做『翹翹板原理』！」小菁儼然一副愛情專家模樣，「玩翹翹板，妳想高，就要讓他低，要男人對妳好，就不要對他好，要他想妳、在乎妳，就先不要想他、在乎他。」

不想、不在乎他？談何容易？也想不相思，可免相思苦，然而魂縈夢繫的都是他！只要一接到磊翰的電話，她就無法拒絕，一見到磊翰的人，她分手的決心就瞬時瓦解。

原來，愛上一個人，就是失去自由的開始。

妳的心會斷了翅，只能禁錮在思念和牽掛的牢籠裡。

「我現在有空，我去看妳。」磊翰在電話一端急促道。

馨瑤撥亮床頭燈，瞄了眼鬧鐘，午夜一點半！磊翰的電話常常響在午夜時分，馨瑤從不曾拒絕那樣帶著醉意的他。相見不易，即使她睡眼惺忪、即使他意識恍惚，見了總比苦相思好吧，

她想。

　　但今晚，她不想再縱容磊翰、虧待自己。她不是用來填補宿醉寂寞的。

　　「對不起，太晚了，我睏了，想睡了。」

　　電話那端有短暫驚愕的沉默，隨即換上撒嬌的懇求：

　　「我想見妳嘛，我答應不吵妳，妳睡妳的，我在旁邊乖乖的。」

　　每次馨瑤一狠心，磊翰就耍無賴、扮可憐，吃定她是個心太軟、愛太滿的女人。

　　也許，變成小菁那樣「視男人如糞土」並不容易，但是，如果體貼包容得不到尊重，馨瑤想試著不讓自己變得毫無尊嚴。

　　「不要啦，我真的很累，你不要過來，會吵到我家人，明天我打電話給你。Bye！」

　　掛掉電話，牙根一咬，馨瑤索性翻起身來關掉手機。狠心，對一個習慣心軟的人，是必須學習的。

　　早上醒來，她的手機有三通磊翰的留言，一通比一通急切。她的心裡有竊竊的歡喜，直到面對浴室的鏡子，她才驚覺自己的笑意竟如此明顯。

「沒什麼好高興的！」她拍打著臉頰，對鏡中的自己教訓道，「不理他，是因為不想被踐踏，不是想吊他胃口。他打不打來？ Who cares ！」

從小活在男尊女卑的觀念中，養成了她習慣委屈、莫名忍讓的奴僕性格，即使受了高等教育和女性主義的洗禮，也只為她披上「假大女人」的外衣而已，內心裡，馨瑤依然會把男人當成天、隨男人的情緒起舞。

但是，從現在起，她想為自己而活。

深吸一口氣，她斷然洗掉磊翰的留言。這是第一步，她要戒掉反覆複習聆聽磊翰留言的習慣。

兩天過去，她努力戒掉思念，不再每隔幾分鐘就計算磊翰有多久沒聯絡，不再期待下了班磊翰會不會約她，她開始和久未聯繫的好友相約吃飯逛街，開始安排下班及假日的生活。談了這場戀愛，讓她疏離了朋友，也疏離了自由和快樂。她是一顆亟望重回軌道的行星，不願再繞著殘缺的愛，公轉。

她發現自己看手機的次數少了很多，鈴聲響起也不再刺激她的心跳。沒有了期待，也少了失望沮喪。

隔天晚上，磊翰打來了。

「妳沒有收到我的留言嗎？」

「有啊，」馨瑤淡然道，「但是我最近忙得不可開交……現在啊？不行，我正在跟朋友吃飯，晚一點再打給你。」

果斷掛了電話，她不敢相信自己居然做到了，以前只要磊翰一「召見」，不管她正跟誰一起、正在做什麼，她都會儘可能推掉一切趕去和他見面。「百依百順、善於等待，才是好女人！」她曾如此深信的教條，竟是她戀愛受苦的元兇。

那天深夜，她沒有照約定打給磊翰，因為臨時與姊妹淘決定去看場午夜電影。不把對方當成生活的全部，她的世界變遼闊開朗了，原來，除了愛情，生命還有許多精彩的風景。

再翌日中午，磊翰又打來了。

「妳昨晚說要打給我，怎麼沒有？害我等到半夜兩點多。」

「對不起，昨晚臨時有事，所以忘了。」一脫口而出這句話，馨瑤突然有想大笑的衝動，過去都是磊翰對她說的話，曾幾何時主客易位，換磊翰來「興師問罪」？

「今天下班我們吃頓飯，好不好？我們好久沒見面了。」

噗哧！馨瑤真的忍不住笑了出來，今天磊翰怎麼搞的？唸的全是過去馨瑤說的話。

「你，也會覺得我們『好久』沒見面了？」

聽出馨瑤話中的刺，磊翰一陣尷尬緘默。

「也好，我今天剛巧沒約，我想吃鐵板燒，五點半我們公司樓下見囉！」

掛完電話，馨瑤覺得無比輕鬆，不必委屈自己完全配合對方，竟是如此美好自在的感覺。愛，真的不該只是一方退讓求全。

桌上放的是小菁的結婚喜帖，這個「江湖浪女」終於也想定了下來。對方家世背景、長相都屬一流，最重要的是這個木訥老實的男人，對小菁百般體貼專情。

說也奇怪，好男人多半落在壞女人手上，而好女人卻往往栽入壞男人掌中。

她雖然沒有小菁幸運找到個好男人，更糟的是還愛上個自私的爛男人，不過，倘使割捨不下這份情，至少，她必須找個方式讓自己愛得快樂舒服些。

拿起手機，與小菁確定晚上九點半去她家看婚紗照。她只準備給磊翰幾小時，其他的時間，對不起，恕不奉陪！

五點近五十分，她走到公司樓下，潘磊翰的車顯然早已守

候多時，乍見馨瑤，磊翰的臉上湧現狂喜。

「對不起，讓你久等了。」

「沒關係，工作要緊！」磊翰一反常態沒有發脾氣，語氣中反而有著馨瑤所陌生的體貼。

上了車，磊翰猛然遞上了一束花。「謝謝！」她說，一副理所當然。

「走吧，我快餓死了。」馨瑤催促道。

「OK，沒問題，出發囉！」磊翰也開心嚷道。

「今天我想吃香煎干貝明蝦，還有……」她嘀嘀咕咕盤算著。

就讓好女人上天堂吧！她只想做個快樂自在的真女人！

不怕失去，才是愛情的強者

CHANGE YOUR MINDSET

愛情的獎懲要分明清楚

愛的國度裡，沒有所謂的「一分耕耘，一分收穫」。

常常，你愛一個人愈多、放他在心中愈重，他愈不想多愛你、愈是看輕你。

你百依百順，他覺得你沒脾氣——乏味！

你予取予求，他認為你不值得珍惜——廉價！

你包容大量，他愈縱容囂張。

你太在乎他，他愈視你如糞土。

愛情，真的沒有公平、道理可言。男女之間的權力地位，往往不是決定於誰的條件比較好，而是取決在誰比誰愛得更多。

最不怕失去的人，才是愛情中的強者。

而愛得比較多、比較不能忍受分離、比較認真執著的人，註定是要受傷的一方。

縱然如此，深情的人多半還是無情不了，你總是表面上裝得毫不在乎、不去想念、不去牽掛，但是心裡在期待、眼底在盼望，只要他一出現，你所有的堅持都可以放棄！

「你是這麼愛我啊！」對方其實心知肚明，然後，放心得意，姿態愈高，吃定了你，「反正不管我怎樣，你還是會守著陽光守著我

吧！」

這樣的有恃無恐，讓你愛得愈深、傷得愈重。深情總被無情惱！

愛一個人，真的不要委屈求全、更不必一味忍耐討好。如果妳真的只問付出、不求回報，最好做妥「恩將仇報」的最壞心理準備，你對他好，他不回報就算了，很可能反過來用你的「好」來欺凌你。

愛是包容，絕不是縱容，愛情中的獎懲一定要清楚分明。

如果他傷害了你，就要讓他知道你受了傷，而且很痛。

如果他不在乎你，就要讓他曉得他可能會失去你。

如果他想得到你的愛，就請他拿真心來換。

一定要使對方明白——妳必須被善待、被關懷、被疼惜、被認真，你的愛「限量發行」，不是「無限享用」！

真的，不要讓對方以為他永遠不會失去你。人性本賤！我們對於不會失去的、容易獲得的、不求回報的，不但不會心存感恩，反而不知珍惜。

不要讓妳「無價」的愛，變成「毫無價值」。

愛情翹翹板，有高有低

愛一個人，真的很難！愛太少，燃不起熱情；愛太多，又容易

患得患失。

　　更難的是，你根本無法掌控愛多或愛少，總要在情過緣滅心碎後，才看得清「愛的刻度」有多深。

　　深情真的不能無情一些嗎？愛，少一點，不行嗎？

　　沒有人可以重要到讓你失去自己，多看重自己一點，少依賴對方一些，不要讓自己成了「愛情陀螺」，以對方為生活全部的重心，一味跟著對方轉。

　　「你愛得我喘不過氣來。」

　　「你給我太多壓力，我需要一些自己的空間！」

　　當你的情人發出這樣的抗議，表示你的愛太沉重、需要減肥了！

　　許多人喜歡做情感的典獄長，竟日只想守著對方，把彼此禁錮在兩人世界中形影不離，弄得對方苦不堪言，想方設法也要逃出愛的監牢。

　　其實，行蹤飄忽，固然可惡；時時要掌握對方，更是可悲。

　　愛情，有時很荒謬，你愈想抓住他，他愈想逃；你愈害怕失去他，愈容易失去他。

　　在某次演講會場，一位愁雲滿面的大學生問了我一個很嚴肅的

問題。

　「怎樣才能抓住情人，不教他變心？」

　我笑了笑，隨即換上──本正經的口吻：

　「抓住情人最好的方法，就是不去抓住他。不教他變心的方法，就是不去擔心他會不會變心。」

　我的意思不是說愛要完全無為而治，只是愛最好能像放風箏一樣，不要拉太緊，否則風箏飛不高；也不能放太鬆，不然風一吹，風箏就跑掉了。

　如何用真心做繩、信任為風，讓它可以自由飛翔，是愛的智慧。

　愛像放風箏，有時拉緊，有時要放鬆。

　愛像捉迷藏，你愈追，他愈想逃。

　愛更像翹翹板，有時你高我低、有時你低我高，遊戲才玩得下去。

　不要齜牙裂嘴拚命要求，也不要斤斤計較到底誰愛誰比較多。試著，給對方一個微笑，給彼此一點空間，愛得輕鬆，才能快樂！

愛 的 判 斷

————

CHAPTER 05

最有價值的事物，
不是眼睛能夠看到的事物，
你必須用心去感受。

幸好，還來得及愛

———

她奔跑在無垠的草原上，像童話裡穿上紅舞鞋無法停止跳舞的女孩般，無法自抑地向前狂跑著……驀地，腳底一空，她跌進一方黑洞裡——

「救命啊！」

淒厲的呼救，響在深不見底的洞穴中，她的身體仍在急遽地往下墜落。陽光，愈來愈遠，黑暗，快速向她圍聚而來，救命啊……

童琳奮力睜開眼睛，發現自己一身冷汗躺在床上。

又做噩夢了。

同樣的夢境，已經不知第幾回了。童琳撫著被汗珠淚水濡濕的枕頭，窗外依然墨黑一片。

又是一個難眠的夜。

「鈴——」

允楚翻身從溫暖的被褥鑽出頭來，接起手機，床頭櫃上的鬧鐘正指在兩、三點間，電話那頭是童琳嚶嚶的低泣。

「又睡不著了？」允楚問。

「嗯。」

他就這樣握著手機，靜靜聆聽另一端斷斷續續的哭聲。安慰已然多餘，心碎的人需要的是有人陪著悲傷而已。

　　啜泣轉弱，「對不起，又吵得你不能睡。」

　　「沒關係，我很高興妳想到我。好點了嗎？要我過去陪妳嗎？」

　　「不用了，一早你還得上班呢。就這樣吧！」

　　掛上電話，允楚側了側身，換個姿勢，雙眼仍炯亮如炬，無法成眠。不知反側了多久，刺耳的手機鈴聲再度劃破闃寂。

　　「我好想去死！」

　　「妳——喝酒了？妳在外面？」聽到汽車呼嘯而過，允楚嚇得從床上一躍彈起，「乖，別哭，告訴我，妳在哪裡？……」

　　寒夜的街頭，淒風蕭颯，童琳抖瑟蜷蹲在人行道的紅磚上。

　　畢竟還是太軟弱，好幾次她試著衝進快車道，冀望急駛的車輛能終結她的生命與傷痛，可是，車子一接近，她還是下意識閃了開來。

　　生，不容易；死，又何嘗簡單？

　　一輛摩托車風馳電掣地趕來，停在童琳面前。允楚那雙厚大溫暖的手，像汪洋中的浮木，伸向她。

「都分開兩個多月了，為什麼還來那混蛋的工作室前？」

允楚瞥向樓上的工作室，燈沒有亮。

「我想讓他看我死，看我因他而死。」

「他會在乎嗎？為什麼妳們女人總以為死亡是對負心人最大的懲罰呢？」允楚生氣地問，感覺機車後座的童琳脆弱得像迎風的柳絮，隨時就要灰飛、飄散。

回到允楚的公寓，童琳瑟縮在允楚公寓的沙發上，木然接過允楚遞上的熱茶。

「為什麼人要長大？為什麼要愛上一個人？為什麼愛一個人要這麼痛苦？」

一連串的淚珠，和著一連串的問號，滴進杯裡。

「愛，不一定痛苦，除非——妳愛錯了對象。」

允楚意味深長地看著童琳，不懂她為什麼總是愛上花心卻又無心的男人？童琳的初戀，是高中網球社那位素以收集美女聞名的社長，熱戀數月後卻毫無預兆地得到一句「我對妳已經厭倦了！」的絕情宣言。後來，讀大學時認識的那位醫科高材生竟瞞著童琳，同時追求童琳的閨蜜，直到童琳在閨蜜房間發現了他寫給她的情書。出社會後，災難沒有告終，第一份工作的直屬上司

猛烈的追求，好不容易攻佔了童琳心防，結果，山盟海誓還是不敵財勢的誘惑，上司情人閃電娶了總經理的獨生女，辜負童琳的情深意切。

　　無心的男人，將愛當遊戲，膩了，就分手走人。

　　偏偏癡心女子，用情太認真，末了，徒惹神傷。

　　因此，當童琳幸福滿溢地介紹她的老闆兼情人——一位花名在外的作曲家，與允楚認識時，允楚其實早已預見了童琳黯然心碎的未來。

　　只是，未來似乎來得太快，也更殘忍了些。

　　子夜時分，童琳突然想起忘了帶一份套譜回家，匆忙趕返工作室。當她打開工作室的門，沒想到同時也打開了醜陋的真相，親眼目睹了作曲家和當紅的玉女歌手正裸裎翻滾在地毯上。

　　「如果妳願意，妳們可以並存在我的生命中。」作曲家仍摟著玉女歌手，自若地對震驚得呆若木雞的童琳說。

　　「並……存？」

　　「妳應該明白，我不會只屬於一個女人。女人，是我創作的泉源、是我的靈感，我需要各型各類的女人來創作不同的歌曲。」

「可是，你說我對你意義非凡，你最愛的是我，你還說過⋯⋯」仍在試圖力挽狂瀾，仍是不肯死心。

「但我沒說過只愛妳一個人吧？」作曲家詭辯道。

是自己過於執著？還是別人太放縱？她要的是純粹的愛、純粹的相屬，而不是這般錯綜複雜的男女關係。

是處女座女子的精神潔癖，她無法容許她的愛情裡有三心二意的雜質。

「那——我也沒辦法了。」

作曲家兩手一攤，彷彿討論的只是帶不帶傘之類的瑣事。

他的無所謂，陷童琳於悲恨的萬劫不復。

「他到底有沒有愛過我？」她在心裡問。

如果作曲家有那麼一點點愛過她，他不會在童琳遞上辭呈時連句抱歉或挽留都不說；如果他有那麼一些些在意過童琳，他不會在聽到童琳吞下幾十顆安眠藥後，冷冷地拋下一句：「不要用死來威脅，我不吃這一套！」就掛上電話。如果他有那麼一絲絲動過真心，他不會忍心這樣傷害童琳，也不會連遺憾都不曾，就放手讓童琳走。

變了心的男人，是吃了秤鉈，心成鐵。

「是嗎？愛錯了對象，所以我才會這麼痛苦嗎？」

童琳把頭擱在曲起的雙膝上，茫然地回問允楚。

「談戀愛就像穿衣扣釦子，第一個釦子扣錯了，後面就都錯了。」允楚道，「如果對象對了，愛應該是很自在、很快樂的。」

「自在快樂？」童琳笑得悽悽然，「我只希望時間能快點過去，這樣心痛也才能趕快過去。」

允楚無語地坐在童琳對面，看兩行清淚從童琳的眼眶滾至頰邊，滴落。愛哭的女生！他想起第一次看到童琳時，她正張開大嘴哇哇地哭，那年，童琳六歲，允楚十一歲，他忙進忙出幫爸爸把傢俱搬進新家，卻聽到眷村前的廣場有小女孩淒厲的哭聲，幾個頑皮男孩正拿著毛毛蟲往小女孩身上猛丟，女孩又驚又怕哀嚎不止，允楚見狀箭步欺身上前，轟走那些個頭比他小許多的男生，替女孩拍掉身上的毛毛蟲。

「不用怕，以後，我保護妳。」

小童琳仰起淚臉，用力點了點頭，「好！」

小童琳成了允楚的跟屁蟲。她吵著要吃樹上的芒果，是允楚冒著被螞蟻咬得全身紅腫的危險爬上去摘的；童琳被隔壁男生

扯辮子推倒在地，是允楚揪著那男生的衣領、架著他來向童琳道歉；溪邊戲水，童琳跌進深水區，也是允楚不顧一切躍入水中把她撈上岸來。

「放心，一切有我！」

一切有允楚！

他是她的守護神，不管童琳碰到什麼事，允楚總守護在她身邊。童琳和網球社社長分手的那個雨夜，她一個人在寥落的街上遊蕩幾小時，煙雨迷離中，是允楚撐起雨傘遮住了哭泣的天空；那位上司情人結婚當晚，童琳在隆冬的沙灘上徘徊一夜，是允楚硬扛起她，一路狂奔將高燒的她送進急診室，然後，徹夜守候，聽她喚著另一個男人的名字。看著高燒昏迷中的童琳仍淚流不休，允楚的心也正被千刀萬剮著，是心疼童琳的受苦，也是心疼自己的癡心。他記得自己是什麼時候開始愛上童琳的，他喜歡她，就像海是藍的、一天有二十四小時，就像人會呼吸、太陽會升起一樣的理所當然。因此，每次眼見童琳陷入情網、喜悲只為另一個男人，允楚的心就被妒火熊熊焚燒著……

他多麼懷念那個老愛跟在他後面喚著「允楚」的小女孩，只有那時，他才真正擁有童琳。

「咦，這是什麼？」

蜷縮在允楚客廳沙發上的童琳止住了嗚咽，自沙發夾縫中掏出一支口紅。

「呃？怎麼會有口紅呢？」允楚不解地接過口紅，自己一個大男人的房裡怎麼會有女人的東西呢？

童琳吸了吸鼻子，「我回家了，你再睡一會吧！」

「我送妳。」

「不必了，才幾條街而已，我酒退了，沒問題的。」

總是放心不下，總是過分體貼，允楚還是堅持送童琳回家，看著她上床才肯離開。返回獨居的公寓，允楚拿起口紅，恍然憶起前兩天妹妹跟老公吵架，夜半前來投靠，一定是那時遺落的，這支口紅！

允楚沒有忽略方才童琳看到口紅時那種既迷惑又嫉妒的複雜眼神。嫉妒？

是嫉妒，沒錯！

也許──他並非毫無希望。

盯著口紅，允楚了無睡意。

　　柔軟的被褥間，童琳輾轉未能成眠。為什麼幾小時前還魂牽夢繫的作曲家身影已模糊褪了色？為什麼此刻她的腦海只有允楚的那支口紅？

　　「我太自私了，允楚有了喜歡的女人，我應該替他高興才對。」不去理會胸口一道道莫名竄起的酸澀，童琳對自己說：「才不是嫉妒呢，我只是一下子無法接受這事實而已。」

　　童琳無法接受事實，因為從小她就習慣生活中有允楚，只要她需要，一聲召喚，允楚就會像童話中的神仙「噹」一下就飄然現身了。像那夜，她撞見作曲家和玉女歌手的好事，狂亂地從作曲家工作室衝出，打手機給允楚，沒多久，她就看到允楚倉卒惶急地越過一地槭樹，翩然而來。

　　槭樹枯葉冉冉飄墜，允楚騎著機車朝她奔來，像神勇的阿波羅，風兒將他的髮梢、衣角吹成燦陽四射的光芒。她哭著撲進允楚的懷裡，渾身頓時暖和了起來。

　　他是她的太陽神，一直都是。

　　只除了一次──那年暑假，允楚甫升上高一，她跑到允楚家，賴著要允楚帶她去抓蟬，自小失恃的允楚正彎腰忙著挑菜洗滌，童琳索性蹬地躍上允楚的背脊耍起無賴，冷不防地，允楚竟

滿臉通紅一把掙開童琳，害得童琳摔了個四腳朝天，童琳氣呼呼地爬起來，撒野地將桌上熱湯往允楚一潑⋯⋯

「妳看，這就是妳這野丫頭的傑作。」

長大後，允楚常指著手臂上的疤痕調侃童琳。總是刻意地，不去提及他右臉側幾抹難看的印記，那些印記，讓允楚原就不算俊秀的臉龐更添幾分駭人。

「哼，幫你刺青還不好啊？」童琳詭辯。那時當熱湯潑去時，允楚一聲慘呼，驚動了庭院外的允楚父親，「啊？怎麼回事？」

童琳驚得語不成聲，「我⋯⋯」

「我不小心打翻了，爸，快拿乾淨毛巾給我。」允楚箭步衝到水槽下沖水。

我不小心打翻的！

從來都是如此。為童琳收拾殘局，為她承擔罪名，從來都是允楚。

淚水從童琳的眼角汩汩湧出，「不，我不要允楚愛上別人，我不要失去允楚。」有個聲音在微弱地嘶喊著。

「不行，我不能再像一個任性的小孩去傷害允楚。」另一

個聲音在奮力喧囔。

童琳胸口的酸澀愈來愈澎湃……那支口紅是誰的？

「他要結婚了？」童琳停止攪拌咖啡，詫異地重複她聽到的話。

「是呀，連記者都還不知道呢。」用餐時間，餐廳分外嘈雜紛鬧，音樂工作室的同事努力提高著音量，「我也是今天早上才得到的第一手情報，就趕緊第一個來告訴妳。」

「是那位……」童琳小聲地說出玉女歌手的本名。

「哈，錯了！是一位普通的上班族，聽說那女的懷孕了，還威脅要把事情鬧大，想不到吧！唉，這年頭，好女人是抓不住壞男人的，壞男人只會栽在夠狠的女人手上！我告訴妳，那女人可厲害了，她……」

猝地，落地窗對街一個熟悉的身影掠過，吸引住童琳所有的注意——是允楚！允楚身邊的女人正親暱地攀著他的手臂，戴著墨鏡的女人側臉，愈走愈遠，看不真切。

那種酸楚的感覺再度排山倒海襲上童琳的心頭，那女人是誰？

「……喂，喂，我在跟妳說話，妳有沒有在聽啊？妳不會是被他要結婚的消息嚇傻了吧？」

「沒、沒事，妳繼續說。」

童琳看著同事的嘴巴急速一開一闔著，像尾精力旺盛的金魚，她的耳朵卻絲毫聽不進半點同事的聲音。

奇怪！她竟然不在乎那個熱愛狂戀了一年多的男人要結婚了。

一點也不在乎！

允楚的手機一直到近午夜才有人接。在這之前，童琳已經打了幾十回。

「你在家？……咦？你身旁有女人？」童琳耳尖地察覺到電話另一端有女人尖銳的聲音。

「女人？沒……沒有。」

「別騙我了，哈，不打擾你了，我們明天再聊。」砰然掛掉電話，表面是灑脫，其實是賭氣。

童琳試著入睡，心裡卻不斷幻想著……有個女人正偎在允楚的懷裡，那副曾溫暖過她、停泊過她的悲傷的寬闊胸膛。她不

要失去允楚，她、愛、他。

這一刻，童琳才幡然明白，這麼久來，是被背叛與不甘在糾纏著她，她並不如自己以為的那麼深愛作曲家。兜了這麼一大圈，她終於看清楚——真愛，原來近在咫尺！

韶光流轉，往事歷歷，一幕幕飛掠過腦海，她想起過去、想起有允楚的那些歲月……

是的，她愛允楚！

為什麼到今天她才發現呢？

催命似的電鈴將允楚自睡夢中驚醒，門外站著的是，跑得氣喘吁吁的童琳。

「小姐，真早啊！」允楚看了看錶，清晨四點半，他向童琳做了個請進的手勢。

「方便嗎？你女朋友呢？走了？」童琳賊兮兮地探進半個頭，仔細環顧屋內一圈。

「女朋友？我怎麼還敢有女朋友？」允楚笑得燦爛如陽，「小時候有個女生說長大後要當我的新娘，我還敢交女友啊？」

「那——」童琳咬了咬下唇，好不容易下定決心仰首緊盯著允楚，「我在電話中聽到的……」

「是這女人的聲音嗎？」允楚按開電視遙控器，影片中的女人果然是童琳在電話中聽到的聲音。

「哇——」童琳糗得用雙手撫住臉。

「妳，在嫉妒？」

「我，哪有嫉妒？笑話，我幹嘛嫉妒？」童琳陡地想到什麼，「對了，下午那個女人又是誰？」

「誰是誰？」

「少裝了，你們還有說有笑、親親熱熱經過我們公司樓下那間餐廳。」

「喔，那是我妹妹小藍，怎麼？妳認不得她了？上次那支口紅也是她的。」

「騙鬼呀，你當我三歲小孩啊？」

「她現在正睡在我的客房裡，要不要叫醒她來問？」

「不要、不要，你神經啊！」

趁著拉扯，允楚順勢把童琳攬進懷裡。童琳甜蜜地仰首凝視允楚，撫著允楚臉上的疤痕，在這一瞬間，她覺得允楚帥得不可直視。她知道，這是愛的印記。

「唉，誰教我當年幫你刺了青呢？」童琳故意裝腔作勢地

嘆了口氣，「現在我只好對你負責囉！」

允楚又心喜又好笑地糅了揉童琳的頭，再次把她兜進懷裡，「小笨蛋！」

允楚當然沒有告訴童琳，是童琳新公司的同事洩露了她和朋友在樓下用餐的訊息，讓允楚臨時想到借老妹來演這齣戲。二十幾年了，他在童琳身邊太久了，久得讓童琳忘了他的存在、忽略了他的愛，他必須藉一些刺激與危機讓童琳看清自己的心意，他不要再等二十幾年。

「好在，我賭贏了。」

童琳抬起臉問：「你說什麼？」

「我說，抱著妳的感覺，好好！」

幸好，愛還來得及。

童琳奔跑在一望無垠的草原上，不停地，狂奔著。驀然，她跌進一個深洞裡，急劇向下墜落、墜落，然後，她跌入一堆柔軟得像棉花糖的草地……

允楚盯著枕在他身上邊睡邊傻笑的童琳，明天醒來，他要問她做了什麼好夢。

給愛情配一副眼鏡

CHANGE YOUR MINDSET

不要陷於「救世主情懷」

愛情中，每個人都是瞎子。

你看不見對方的缺點，縱使——他的缺陷是如此顯而易見。

妳看不到他的小氣，只看到他的「節儉」。

她的任性驕縱，在你眼中卻成了可愛天真。

他粗魯無禮，妳說那叫「性格率性」。

她奢侈成性、貪慕虛榮，你視而不見，你只看到她的「高品味」。

愛情，是只高倍柔焦鏡，透過它，對方再錯都是對、再醜都是美、再差都可愛。霧裡看花，什麼都偏離真實，於是，明明壞透了的男人也變成萬人迷。

男人不壞，女人不愛？

真的，女人總容易愛上壞男人。因為壞男人不按牌理出牌，所以充滿驚喜；因為壞男人反叛傳統，所以極富挑戰性，因為壞男人自我自私又不給承諾，所以讓人又愛又恨；因為壞男人放蕩不羈、隨性所為，所以看來魅力十足。當一個男人壞壞地對女人說：「我不是好男人，我糟透了，千萬別愛上我喔！」這時，幾乎很少有女人可以抗拒愛上他。

女人總以為自己可以終結花花公子的情史，讓他一生一世只愛

妳一人。

　　女人老是被「救世主情懷」所害，以為可以改造對方，讓男人棄「壞」投「好」、改過自新。

　　因此，好女人前仆後繼、飛蛾撲火跳進壞男人的情愛蜘蛛網，成了愛的點心。

　　女人容易愛上壞男人，而男人總情不自禁栽在壞女人手上。

　　因為壞女人玩得起遊戲，所以刺激夠勁；因為壞女人不會要男人負責，男人不必擔心這是塊黏牙的麥芽糖；因為就算要男人負責，壞女人也不會死逼活纏，教男人覺得被趕鴨子上架；因為壞女人知道如何善用媚力，逗得男人心癢難耐，也懂得擺出無辜的神情說：「我不敢談戀愛，因為聽說愛總教人神傷。」或者，偽裝出滄桑的幽怨，「我愛你，但我們不能在一起，我怕阻撓了你的前程，原諒我。」卻因此弄得男人更泥足深陷。

　　誰都看得出這是壞男人、壞女人，當事人卻眼盲耳聾心蒙蔽。

　　癡心妄想「這女人一生只為我動真情」，是男人盲目的自大。

　　癡心妄想將壞男人感召成好男人，是女人盲目的自信。

　　都是因愛，而盲目。

幸福沒有捷徑

在明亮的門廊前，某人正俯身倉惶地四處張望，朋友經過，不禁好奇問道：

「喂，你在找什麼？」

「我在找我剛才掉的一枚戒指。」

朋友也熱心加入尋找的行列，好半天，仍一無所獲，「你確定戒指是掉在門廊這裡嗎？」

「喔，不，我是掉在樓梯間，但是那兒太暗了，我想這兒比較亮、比較容易找。」

這般的荒謬，真實世界中不勝枚舉。要求真誠，卻到謊言充斥的網路虛擬世界中尋；渴望真愛，卻往販賣溫柔的聲色場所裡尋覓；在 PUB 遇到一夜情，卻冀望它是一世愛……不可否認，污泥中可以有純白的蓮，在這些地方也有可能出現真情摯愛，不過，畢竟千載難遇！

愛的盲目，是在錯的地方找對的人。

錯的地方五光十色、方便直接。網路上只要你肯辦，聲色場所只要你肯撒錢，PUB 裡只要你肯主動，愛情就會像自動販賣機一樣容

易取得。換成在職場、在學校、在朋友聚會中、在公益場合，你必須花很多時間和精力去認識、瞭解、互動，讓「感覺幼苗」落地生根，然後滋長、繼續灌溉，耐心等待，等它慢慢綻放成「愛情花」。

垃圾堆中可能也有寶石，只是在找出那滄海中的一粟前，你可能已弄得一身汙髒。

想走捷徑的結果，也許弄成不歸的迷途。

找愛情寶石，就到礦坑去，滴下汗水，付出真心。

通往幸福的路，漫長迂迴，而且，沒有捷徑。

壞對象，像巧克力

在通往幸福、找尋真愛的路上，許多人都會有這樣的感嘆：「好男（女）人何處尋？」、「這年頭，找個好對象比找隻恐龍還難！」

好對象未必難覓，只是，好對象多半不夠刺激迷人。

她賢慧端莊、宜室宜家，但可能不夠風騷奔放、不擅社交。

他老實木訥、苦幹實幹，也許妳會嫌他不夠幽默浪漫、不懂變通。

她八面玲瓏，可以勇敢也很溫柔，你卻擔心如此優秀的她會給你帶來過多的壓力。

他癡情專一、以妳為生活中心，妳總嫌他黏人又沒出息。

好對象，多半不夠誘人。

因為好對象就像良藥，雖然你知道它有益健康，卻怎麼也無法狂烈地的喜歡它；相對的，壞男人或壞女人就是巧克力，儘管你很清楚它不但會造成蛀牙，更是肥胖的禍源，但，你就是無力抗拒它。

丟掉不合腳的鞋

愛，沒有所謂誰負誰，有的只是錯誤而已。

錯誤的別離，或錯誤的相遇。

錯的地方很難找到對的人，錯的人身上很難有對的愛情。

你無法要求性喜 change partner 的花心情人，只愛你一個人——除非他（她）已經老得沒力氣再去追逐。

你不要妄想冷淡理智的人，一直熱情癡狂——除非他真的瘋了。

不要以為任性女孩可以改造成溫柔天使，不要奢求火爆浪子突然成為儒雅書生——除非你也瘋了。

問題是，愛情總誇大了我們的想像，讓我們誤以為愛的力量可以摧枯拉朽、足以化腐朽為神奇，讓不可能變可能，教缺陷成完美……

愛雖然偉大，但不會讓我們具有特異功能！

愛錯了對象，就得面對現實、張大眼看清錯誤，掩耳盜鈴自欺欺人，只會錯上加錯。

愛上不合適的人，就像穿上不合腳的鞋，你只能選擇——脫掉它，或皮破血流。

美國作家泰勒說：「丟開一個薄倖的人，要像丟開一隻掉了跟的破鞋子一樣，因為他使你摔了一跤。」

運氣＋辨識力＝好對象

「好男人（女人）為什麼都結婚了？」這是許多單身族的心聲。

其實，好對象未必都已婚，只是，許多好對象在婚前是看不出來的，就像尚未歷經雕琢的寶石，除非你慧眼獨具看出它的潛在光芒。

婚後宜室宜家、工作家庭得兼的好女人，婚前也許毫不起眼又過於實際。

婚後愛家愛子又不偷腥的老實男人，婚前，可能是個無情趣、沒個性、刻板得撞牆的呆頭情人。

只有識貨的人才分辨得出未經琢磨的鑽石、沾染塵土的珍珠。

愛情，需要一些運氣，和很好的辨識力。運氣，讓你遇到好對象；

辨識力，讓你分辨得出他是好對象。

心靈是愛情的視覺器官

經典名著「小王子」，狐狸送給小王子的祕密是：

「最有價值的事物，不是眼睛能夠看到的事物，你必須用你的
心去感受。」

聽到的、看到的，都不能盡信，你要用心去感受、去思考、去
辨識誰才是你的 right lover。

誠如美國政治家富蘭克林所言：「愛情的視覺器官不是眼睛，
而是心靈。」

幸福也許近在咫尺

習慣，很可怕，它維繫了愛情，也扼殺了愛情。

愛久了，常常分不清是因為還愛，或者——只是習慣，習慣生
活中有這個人，習慣跟他相處的模式，習慣他的存在。

更可怕的是，還沒愛，就已經習慣他的存在，如此一來，習慣會
蒙蔽了我們的感覺，讓我們看不見自己的真心，成了「愛的近視眼」，

只想到遠方去尋找真愛，卻看不到幸福原來近在咫尺、唾手可得。

愛一旦唾手可得，人就不知好好珍惜。

一旦不害怕失去，我們就不會在乎愛還在不在。

總非得等到快失去了，才明白沒有人應該永遠等待，沒有愛情必須一直被辜負！

文學家給特說：「你總是想到遠方去嗎？看啊，其實美好的東西就在身邊。只要學習如何去掌握幸福就可以了，因為，幸福總是在眼前！」

電影「亂世佳人」中，任性驕縱的郝思嘉一心只想得到那位唯一沒拜倒在她石榴裙下的陳思禮的愛，卻完全漠視對她一往情深的白瑞德，直到白瑞德心碎絕望離開後，郝思嘉才恍然看清自己真正愛的是誰。

「管他的，明天，又是新的一天！」郝思嘉眼淚一擦、瀟灑地說，因為相信自己挽得回情人的愛。

然而，大部分的愛，一旦錯過，就不再。

分辨出真正的好對象，看清楚自己的心意，而且及時把握，才能得到幸福。

真的要擦亮眼睛，在愛裡。

愛 的 坦 誠

———

CHAPTER 06

不大膽假設，
永遠小心求證，
才不會成了愛情傻瓜。

拜金女與窮光蛋的戀愛事件

———

當第三者，是很痛苦的。

不不不，這個第三者不是那種介入別人家庭的狐狸精或狐狸公，說來更慘，佳佳這個第三者是甜蜜沒撈到、倒楣沒少過，戀愛兩人談、麻煩找她扛的「旁觀者」。

如果以為這種局外第三者痛苦會少一點，那可就大錯特錯了！人家甜如蜜、愛如火時，佳佳被冷落在一旁晾著；他們鬧彆扭、起爭執時，佳佳不是被一方嚴刑逼供，就是被另一方威脅成為共犯，再不就是被雙方夾攻逼著做他們的「傳令兵」。

唉！那天，那個該死的一天，佳佳答應陪秀翎去見網友，就已經注定了她的悲慘命運。

「妳最好有心理準備，對方可能又是一隻恐龍或怪獸。」佳佳覺得有必要為秀翎先打上一劑強心預防針。

「安哪！我已經先看過他的照片了。」秀翎邊叼根煙、邊抖著腳地癱賴在沙發上，這副模樣任誰看了也不相信她是位救人濟世的白衣天使。

「妳難道不知道照片只能『僅供參考』嗎？現在的修圖軟體多鬼斧神工啊，毀容型長相也可以修得國色天香，很多人照片

像公主，本人像蕃薯。」

「反正看一看嘛，不順眼就當敲他一頓飯嘍！」

通常，網友相見都會攜伴同行，以免遭遇不測，但為了怕對方錯點鴛鴦譜、沒看上主角反倒瞧上了配角，所以女生多半會帶比自己長得醜的女性朋友來做「綠葉」。秀翎要佳佳同行，當然不是因為佳佳長得很愛國，而是料準對方不會喜歡上像佳佳這麼大刺刺又粗線條的中性女生。

根據他們一個多月的網戀內容在在顯示，這位男網友喜歡的是那種長髮飄逸、長裙飛揚、纖細柔弱、不食人間煙火、只喝露水過活的「樣板」清靈美女，但是佳佳左看、右看、上看、下看，怎麼都不能把清靈與眼前的秀翎劃上等號。不過，佳佳記得有位什麼大文豪說過一句話：「女性為了愛，往往會設法讓自己成為男人所喜歡的樣子。」

女人，是很善變的。

或者，應該說，女人是很善於偽裝的。

儘管早已有所體認，但是，當佳佳看到秀翎從她那媲美垃圾坑的房間蓮步踱出時，佳佳終於明白什麼叫「出汙泥而不染」了。秀翎身著一襲淡雅長洋裝，刻意弄直的長髮上夾了兩隻 Kitty 髮

夾，精心妝抹的臉蛋看來頗具姿色，然後，她眨著靈動的大眼、輕嚥誘人的櫻唇、矯柔地開了口：「人家……漂亮嗎？」

天哪，眼前這個素雅如幽谷小百合的女孩，就是那個換男友如換衣服的「摧男大魔女」秀翎嗎？

來到約定的餐廳，和那個網友碰面後，佳佳更確定——秀翎不去當演員，簡直是演藝界的一大損失！從頭到尾，佳佳只能說，如果她之前不認識秀翎，一定會被當晚的秀翎完全魅惑迷倒。果不其然，那位看來年輕時曾是位帥哥、如今只能算是「遲暮俊男」的中年叔叔也不可例外地當場被「收伏」了。

那晚，佳佳足足吃了一客海陸大餐和半客秀翎吃剩的牛排，沒辦法，因為中年叔叔只顧痴望著秀翎，秀翎也忙著用她超強伏特的電眼使勁放電，而佳佳這電燈泡，只好在一旁努力加餐飯了。

稱呼那位叫龍勛的男人「中年叔叔」是刻薄了點，四十八、九歲的龍勛只不過肚子凸了些、頭髮禿了點，再加上保養得比較蒼老而已。不過，看他開輛還算高檔的進口車（後來才知道那是他上班公司的車子）、身穿名牌（那是他一千零一套）、還連著續了兩攤又帶她們去唱KTV、吃宵夜，當夜，秀翎的芳心就急速

地傾向出手闊綽的龍勛。

「年輕男人雖然有趣好玩，但中年男人懂得如何疼惜女人，而且經濟也寬裕得多。」秀翎振振有辭地道，「我可不要陪著一個苦哈哈的窮小子奮鬥、去做男人背後推動成功的女人，誰曉得男人成功後會不會就在我們背後換一個女人啊？」

秀翎確實是位愛情精算家，瞧瞧她衣櫃裡不少的名牌衣服、琳瑯的珠寶首飾和那輛中古 March，這些都是她從歷任男友荷包中斬獲的「愛情戰利品」。

佳佳雖然不太苟同秀翎的「情愛金錢相對論」──錢多，則愛多，No money，no honey。但身為她的好友，佳佳倒是衷心為她能夠釣到一隻金龜而高興。

起碼佳佳不用再「每個月都嘛來一次」調頭寸給秀翎，繳付信用卡最低應繳金額。

太空時代，龍勛和秀翎的愛情也以太空梭的速度前進。

認識不到一個月，龍勛向秀翎求了婚，秀翎沒有答應。在過足被追求、被戀慕的癮前，聰明的女人是不肯輕言步入愛情墳墓的。

　　坦白說，對一個忙碌的中年上班族而言，龍勛的體貼殷勤絕對夠格頒發一座最佳模範獎。每天接送秀翎上下班，只要秀翎一通電話，他一定會擱下一切隨傳隨到，一天最少五、六通電話晨昏定省，時時怕秀翎淋到雨、吹到風、被車撞、被狗咬，刻刻擔心秀翎吃飯噎著、喝水嗆到、睡不著覺、起不了床……從龍勛對待秀翎的方式，佳佳總算相信人家說的「捧在手心怕碎了，含在嘴裡怕化了」一點也不誇張。尤其當秀翎含著眼淚、帶著微笑向龍勛傾訴她淒慘的身世後，龍勛似乎自以為是上蒼派來補償秀翎的「災難終結者」，對秀翎的疼愛更是到了「鬼哭神號」——鬼神看見都要噁心反胃得哀號的地步。

　　其實，在這個盛產破碎家庭和婚姻悲劇的年代，哪個人背後沒有一頁辛酸成長史？

　　雖然佳佳的父母沒有離異，但他們成天上演「戰國風雲錄」，激烈時還會拿刀舉棒威脅著「乎你死」，這樣眼看父母成仇讎的佳佳，又比單親家庭長大的秀翎幸運多少？然而，佳佳完全可以想像當秀翎誇大其辭兼加油添醋地告訴龍勛，自從父母離異、母親改嫁後，她自己是多麼悲苦悽憐地與弟弟相依為命，又多麼堅強不撓地長大成人，還多麼刻苦勤奮地考上大學，再多麼

努力爭氣地在大四一畢業就考上護理師執照……這些媲美電影
「悲慘世界」的慘絕人寰情節,果然把龍勛感動得痛哭流涕。

　　「他哭了喔!他緊緊地抱住我,對我說:『所有的苦難都
結束了,從此以後有我,我不會再讓妳吃一絲一毫的苦了。』」
秀翎一臉幸福洋溢,似乎也動了真情,「唉,誰拒絕得了這般的
似水深情呢?」

　　是的,秀翎是抗拒不了龍勛的柔情,不過,如果,這柔情
不能附帶安逸的生活,那又另當別論了。

　　很快地,秀翎就發現龍勛並不如他外表的光鮮拉風,正確
地說,這位曾開過一家貿易公司、後來經營不善、欠下巨款以至
連老婆都求去的中年男子,不但不是隻金光閃閃的大金龜,還是
個揹負數百萬負債的窮光蛋!

　　殘忍來說,雖然這是個百分百的好男人,卻也是個不折不
扣窮斃了的好男人。

　　女人不一定都拜金,但負債累累的窮鬼,卻是女人的夢魘
啊!

　　話說秀翎因受不了「金龜原來是窮鬼」的打擊,而藉故和

龍勛吵翻、把全部行囊撤離龍勛的「蝸」居，龍勛居然涕泗縱橫跑來向佳佳求助道：

「我真的很愛秀翎……她發現了我寫給女網友的訊息，但那些內容都是我跟秀翎交往之前寫的，我發誓，跟她在一起後，我絕對沒有再跟任何一位女網友或女性聯絡。」

佳佳當然百分之兩百相信，因為除了上班時間外，龍勛不是和秀翎膩在一塊兒、就是隨時待命等候秀翎的傳呼。可是，佳佳也不能告訴他秀翎是在藉題發揮「窮」攪和吧！

「我會轉告秀翎的。」佳佳說。

「我這麼愛她，她為什麼不相信我呢？」

哎喲，她們都確信、深信、篤信龍勛很愛秀翎，但相信也沒有用呀，誰教他混到年近半百了還愈混愈回去，從一個小窮光蛋混成了大窮鬼？

「秀翎是很愛你啦，不過……」佳佳欲言又止。為了朋友義氣，佳佳不該說，站在同情弱者的立場，佳佳又不能不說，躊躇掙扎了半晌，佳佳只好迂迴道：

「秀翎她一直希望……嗯，有個很『穩定』、很有『保障』的未來。」

「我知道，我是真的以結婚為前提在跟她交往啊！」

　　哇咧，以結婚為前提？這傢伙是不是日劇韓劇看太多了？竟然說出這句噁死人不償命的經典台詞。

　　「也許……」佳佳努力在腦海搜尋比較不傷人的措辭，「秀翎不適合……婚姻。」

　　「不，我覺得秀翎是現今社會難得一見的傳統女孩，每個女人都只顧講自我成就、走出廚房，而秀翎……」龍勛眼中閃耀感動的光芒，「她卻甘心想當家庭主婦，這麼好的女孩，我怎捨得放她走呢？」

　　佳佳真的很懷疑，難不成男人全都是直線思考的低等動物？現在這年頭，「家庭主婦」可不等於走入廚房洗手做羹湯、做家事兼帶小孩。秀翎就曾不止一次說她非常豔羨那些富豪太太，每天都可以穿戴名牌、出入高級場所、啥事也不必做，更不必像她一樣老要受病人或醫生的鳥氣，而照秀翎的說法，這種幸福完全取決於一個女人能否嫁到有錢老公，「嫁個金龜婿，節省一輩子奮鬥！」

　　秀翎也十分清楚憑自己中等美女的姿色要嫁入豪門，顯然是天方夜譚，然而，找個年長些、有車有房有存款的父親級「老」

公，「從此公主過著幸福快樂的日子」應該不是難事，只可惜千算萬算、還是讓她錯算失算了，這也無怪乎秀翎一得知龍勛荷包的份量，立刻氣急敗壞閃人。

　　站在重道義、護朋友的立場，佳佳自然不會把內幕實情告訴龍勛。不過，眼看這蠢豬男人被秀翎耍得團團轉，佳佳實在忍不住透點口風：

　　「你知道她為什麼好好的大醫院護理師不當，跑去公營機關做醫務室護士？」

　　「她告訴我那是她繼父逼她去的，說那裡工作輕鬆又穩定，可是，她一直抱怨每天閒得發慌，追劇追到沒劇可看，天天上班就等下班，她實在是身不由己，真的很可憐……」

　　笨！笨！笨！連三笨的豬頭男人！秀翎又不是三歲娃兒，她繼父要她怎樣，她就得怎樣啊？她辭掉辛苦累人的醫院工作，選擇輕鬆事少的涼缺，這樣好逸惡勞的女人會跟一個窮小子，不，窮「老」子去喝西北風奮鬥嗎？

　　唉！佳佳必須承認，男人這種單細胞生物，根本連這些最簡單的邏輯都想不通的。

　　「秀翎會狠心離開我，」龍勛沉聲道，「我想，不完全是

因為她發現了我以前寫給女網友的訊息。」

嗯！不錯，不錯，這男人終於開竅了。

「她會離開我，是因為她母親反對她跟我這種離過婚的男人交往，她媽還威脅要斷絕母女關係，秀翎是個孝順女兒，不敢違抗，這……一切都是我不好。」

唉！顯然佳佳太高估這男人的智商了，早該明白——男人會開竅、母豬都可以爬上樹！佳佳真的很想一刀劈開這笨男人的豬腦，如果他家財萬貫，秀翎才不管他結過幾百次婚呢。

佳佳著實厭倦去安慰這隻笨豬頭了。雖然男人流淚確實挺叫人心疼的，但是，沒有腦袋笨豬的眼淚，就不必浪費她的同情了。

「我也知道秀翎很愛很愛我，有一次她缺錢用，我身上只剩三千元全掏給了她，她還捨不得我，怕我明天飯錢沒著落，塞回給我兩百元，她真的很愛我……」龍勛不停喃喃自語。

凌晨三點被電話吵醒，是很惱人的事，如果被吵醒是因為別人的事，那就不只惱人，還想扁人了。

「佳佳，請妳老實告訴我，秀翎是不是有了別的男人？」

　　猶在神遊太虛，佳佳一時意識不清脫口而出，「你怎麼知道的？⋯⋯呃，不，我的意思是、是、是你怎麼會這麼想呢？」

　　「我找她找了好幾天，她都避不見我，今天我從晚上六點就在她家樓下等她，等到十二點多，我親眼看見她和一個男人手拉手穿過她家門口馬路，我們三人當場打了個照面⋯⋯」

　　「結果呢？結果呢？」一想到那精彩刺激的「強碰」畫面，佳佳的瞌睡蟲就全跑光了。

　　「她什麼也沒說，只跟那男人揮了揮手，就看也不看我、頭也不回上了樓，然後，她打電話給我⋯⋯」

　　「她說什麼？」佳佳好奇極了。秀翎這位新男友 Peter 雖然長得還算人模人樣，但是粗魯呆板兼小氣巴拉，第一次約見面的地方居然是速食店，而且只請她們喝飲料，炸雞薯條還是佳佳自己付的錢。不過，正如秀翎所說，至少這男人有車（中古的）有房（雖然是父母給的老公寓），而龍勛連付車子的頭期款都沒有。唉！這年頭，少了房子車子銀子「三子」的男人，是別想要妻子和孩子這「兩子」了。

　　「秀翎說那男人是她媽逼她交往的，她很痛苦，因為她最愛最愛的人還是我，她的心裡一直只有我一個人。」

　　這麼瓊瑤式的文藝腔台詞，龍勛這豬頭不會真的相信吧？

　　「秀翎還說她打算先嫁那男的好讓她媽高興，然後她再離婚來嫁我。」

　　天哪！這等荒謬的說詞真的是秀翎說的嗎？

　　很明顯的，這男人倒是深信不疑，因為後來他不但沒有憤而求去，還死心塌地遵循秀翎的新遊戲規則——繼續交往，但不能光明正大到秀翎辦公室去；可以傳簡訊，但只能乖乖待命等秀翎主動打電話來；不能追問秀翎的行蹤，而龍勛必須隨時傳訊報告自己的行程，以便秀翎隨時傳召。

　　「既然不可能跟他在一起，為什麼不乾脆讓他死了心？」見龍勛那麼痴情任秀翎玩弄，佳佳都快看不下去了。沒有未來的牽扯，真是比絕情更殘忍。

　　「我捨不得嘛，他對我好得沒話說，不但有求必應，而且浪漫深情、無尤無怨；但是，Peter 雖然死板無聊又小氣摳門，至少可以給我安定無虞的未來，唉，這兩個男人要是可以加起來，就是一百分了。」

　　「妳真貪心！」佳佳忍不住仗義直言，「妳不覺得妳這樣做，龍勛很可憐嗎？他為了買筆記型電腦給妳，還預借了信用卡

現金，身上只剩幾千元也全掏光給了妳，然後吃了一星期的泡麵，還有……」這些都是龍勛向佳佳傾吐的，老實講，一個男人這麼愛邀功訴苦是不怎麼討人喜歡，但他的「愛到深處傾所有」確實是夠驚天地、泣鬼神了。

秀翎不耐地打斷佳佳的話，「有人說，女人寧可一個身家一萬元的男人把一萬元全都給了她，而不希罕一個男人擁有一億元卻只給她一百萬。我覺得說這話的人不是在說謊、就是愛作夢。一個全部身家只有一萬元的男人？天啊，根本是女人的惡夢！」

也許秀翎並沒有錯，她不是冷酷現實，她只是比較務實而已，知道沒有了麵包，愛情無法偉大。

女人之間的友情很微妙，佳佳雖然身為秀翎的死黨，但看她腳踏兩條船，耍弄兩個男人於股掌間，免不了暗暗希望她會陰溝裡翻船、西洋鏡被拆穿……

經過那次「王見王、三角碰撞」事件後，龍勛找佳佳訴苦的次數愈來愈多，而且不管劇情多麼曲折離奇、秀翎的解釋如何荒誕離譜，龍勛幾乎都會來上這麼一問：「……秀翎說她人在那男人身邊，但心在我這裡，她還說她最愛的人是我，是真的吧？」

　　拜託，活到這歲數，還相信這種鬼話，這男人到底是太天真？還是太白癡？

　　「嗯，當然！」次數一多，佳佳唬弄的技巧也愈加純熟，「你是秀翎這一生中最愛的男人。」

　　只是她也不能不愛別的男人！佳佳嚥下這句話。

　　坦白說，佳佳實在厭惡這種「共犯」的感覺，好像夥同秀翎一起詐騙這老實男人的感情。而且，最近佳佳也深為自己的戀情所苦，根本無暇他顧。

　　佳佳交往近一年的男友阿民正捲入一場混亂的三角關係中，當初阿民的前任女友移情別戀離開了阿民，孰料被那個男人拋棄後，竟厚顏無恥回頭來找阿民。是佳佳在阿民住處發現了那女人的內衣褲，事情才爆發的，佳佳氣得和阿民大吵一架，可是阿民說得也對，「我是因為怕失去妳，才會騙妳。」

　　不是有位專家說過嗎，「別傻了，他還肯騙妳，至少表示他還在乎妳。」

　　阿民跪下來發誓他最愛的只有佳佳，他說是前女友死賴活黏苦苦糾纏，他要佳佳給他一些時間、暫時不要跟他聯絡，他會盡快處理，不會教佳佳受苦的。雖然阿民的哥兒們不小心對佳佳

透露：那女人最近都住阿民那裡，但是佳佳想一定是阿民太有情有義又太心軟、不忍拒絕前女友。哼，都是那女人不要臉！

佳佳知道，阿民心中只有她一人，因為他在佳佳面前發誓時還掉了眼淚呢！

男兒有淚不輕彈，男人的眼淚，是愛的保證書，佳佳相信，「他是愛我的！」

「她是愛我的！」龍勛又在電話那頭嘀咕不停。

唉，事實如此明顯，龍勛為什麼還看不清真相呢？

草草掛掉龍勛的電話，佳佳打給了阿民，雖然阿民要佳佳別去找他，可是，手機又老是不接，他難道不知道這會讓人很沒有安全感嗎？

他在哪？他跟那不要臉的女人在一起嗎？

心開始慌了、亂了、急了……

佳佳的手指沒有停止撥號，她是那麼殷切渴望再聽阿民指天發誓：「妳是我今生今世的最愛！」

唉，三角關係，真煩人哪！

自欺，因為害怕受傷

CHANGE YOUR MINDSET

因為愚昧，不願承認

盲目，是看不見真相。

愚昧，卻是無法分辨真相。

其實，絕大多數愛情中的愚昧都是自欺欺人，是刻意矇上眼睛、摀住耳朵，不去看清真相、不去聽進事實，因為——有時，無知比有知幸福。

相信謊言，至少還可以維持假象。

戳破真相，可能一無所有。

於是，你寧可相信是情敵不好，是情敵無恥來魅惑你的情人，而不是你的情人意志不堅、朝秦暮楚。

「我相信他是愛我的。」

明明情已逝、愛已遠，還逼自己去相信對方仍深愛自己，總是不肯面對「對方不愛我了」的事實，怕尊嚴掃地、怕承認自己被遺棄、怕證明自己是不可「愛」的、怕過去一切白費。

很少人肯真實地告訴自己，「是的，我必須承認，對方真的不要我了。」

甚至，更殘忍地對自己說：「沒錯，他沒有愛過我。」

承認是苦的，面對是痛的，因此，你選擇逃避、選擇自欺欺人、

選擇了相信——即使連你自己都不相信。

這是愛的愚昧。

男人變壞，是因為女人愚蠢

我參加電視某兩性節目，其中一位年約三十的女主角聲淚俱下地泣訴自己如何發生一夜情，又在一夜情後發展成數月緣，結果珠胎暗結懵懂地生下私生子。

「知道妳懷了他的孩子，那男人如何表示？」主持人問。

「他只說要我拿掉，然後……」女主角泣不成聲，「他就失蹤了。」

「後來呢？妳都沒有再遇見他了嗎？」主持人又問。

婦人點了點頭，「有，在孩子快滿一歲時，他跟我連絡，還帶一堆玩具來看孩子，他說他不想結婚，所以一聽到有孩子就嚇得不知所措，但是他說他是真的很愛我，不然他不會回來找我。」

「你真的相信他愛妳嗎？」我忍不住直截了當問。

「他是真的很愛我，」女主角急急辯解道，「因為他每隔一段時間都會專程來看我和孩子。」

「他有拿錢給你們母子倆嗎？」

「沒有，可是他會帶玩具來。」

個性直刺刺的我終於按捺不住了，「恕我冒昧，其實我認為他一點都不愛妳，愛應該包含責任和真誠，他想過如何安置妳們嗎？想過妳們的未來嗎？他……」

婦人打斷了我的話，「不，他是真的愛我的，他愛我！」

文學家Ｄ·Ｈ·勞倫斯說的好：「如果女人不愚蠢，男人也不會變成壞蛋！」

這樣近乎迷信的偏執，是教人心疼的愚昧與痴傻。

信任，不是不辨真偽的盲目

愛情中，沒有聰明人。

哲學家培根就說過，「就算是神，在愛情中也很難保持聰明。人是不可能又戀愛又聰明的。」

愛情來了，理智便從大門溜走；當理智醒了，愛情就宣告死亡。

明理與愛情，誓不兩立。

一旦陷入愛情，判斷力似乎就停止了運作，這時，旁觀者再怎麼苦口婆心、暗指明示，當事人依然視若無睹、執迷不悟。所以，我們經常可以在社會新聞中看到有人一而再、再而三被情人騙財、騙色；

有人聽了男友的話而下海賣身，賺錢供男友花用；還有，為了幫助情人「創業」弄得自己負債累累，最後才發現情人把創業基金拿去供養另一個情人……

「怎麼有這麼笨的人？」旁人一眼就可以瞧出的騙局，偏偏當事人抵死不信對方是個愛情大騙子。

愛，必須信任，但不辨真偽的盲目信任，不但不能讓你得到真愛，甚至會遭來災禍。

這是真實的社會事件。一位電子公司的陳姓副理，受過高等教育，卻被一個已婚女子騙得團團轉。女人騙說她是國安局的調查員，時常上演失蹤記，還在懷了老公的孩子後，騙陳男說她考上公費留學需要生活費，詐騙了男人百餘萬元。問題是，女人「留學」（實則待產）這段期間，電話不給、也不准男人去美國看她，理由是「為了國家安全機密考量」。

不到一年，女人「學成歸國」後，男人催著要結婚，女人在幾番托詞延宕後，被逼急了，索性一刀將男人殺了！

這樁震驚各界的命案勘破後，所有人都覺得匪夷所思，女人漏洞百出、白痴都聽得出來的連篇謊言，一個受過高等教育的男人怎麼會一無所覺呢？

戀愛中的人，真的只有三歲小孩的智力。這種愚痴，與其說是被愛矇蔽，不如說是被自己的尊嚴所騙，總是不肯誠實面對「不被愛」的真相。

「我這麼愛她（他），他（她）怎麼可能不愛我？」

「他是真心愛我的，因為他說他最喜歡我的自然率性。」

否認被愛，等於否認自己，所以，愚昧的相信自己是被愛的，才能愚昧地肯定自己、愚昧地安心。

愛情中自欺欺人，真是既可笑又可憐啊！

用「心」判斷，不做愛情傻瓜

凡事相信！聖歌裡這麼說。

信任，愛情中不可匱缺的元素，但信任不等同於不明事理。

看到對方與異性談笑，或對方手機一時收不到訊號，就杯弓蛇影、猜疑對方感情走私——這是不夠信任。

明明撞見對方的姦情，或看到對方手機親暱曖昧的訊息，他的解釋也十分牽強荒謬，你還願意相信——這是不明事理。

想愛得深刻又聰明，你必須先把尊嚴與驕傲放一邊，真真切切

聆聽自己內心的聲音。

你也許在表面上説服得了自己，但終究騙不過自己的心。

然後，再聽聽朋友的看法，旁觀者或許不夠了解對方，或許無法感同身受，卻可以提供另一個角度的思考。最重要的是，不要刻意忽略明顯的線索，愛不是只看表面，也不能只聽對方説，而是——用「心」去判斷。

戀愛時要有判斷力，很難，但至少不要故意去湮滅你眼前、你腦中的證據。

於不疑處不疑，是信任。

於該疑處懷疑，是謹慎。

於不疑處猜疑，是缺乏安全感。

於該疑處不疑，則是愚昧。

不要大膽假設，永遠小心求證，才不會成了愛情傻瓜！

被豢養的女人，只是一隻寵物

看不清楚真相，是愚昧；看不清楚自己，也是。

在女人必須大門不出二門不邁、在家相夫教子的年代，女人不惜搶破頭爭工作權、爭自我成就。不過，當女人得在社會上與男人搏

命廝殺、一較長短後，卻愈來愈多女人渴望「回歸家庭」。

有一次，電視節目「大老婆俱樂部」來了一個養尊處優的富家千金，在六位專家來賓為她診斷了她的「血拚上癮症」後，有人問道：「妳將來想幹什麼？」

這位芳齡二十六、只上過幾天班、成天購物或參加豪門二代Party的女孩毫不思索地：「我希望做『家庭主婦』！」

我馬上問她：「妳會要求對方很有錢嗎？」

「不必很有錢啦，」她甜甜笑道，「只要養得起我就可以了。」

養她的「基本消費額」是每月最少二十萬的置裝費。

「妳覺得什麼是家庭主婦？」我接著問。

「就是每天在家穿得漂漂亮亮的，有空叫司機載我去幫老公和自己買衣服……」

我忍不住笑了，「這不叫家庭主婦，這叫『少奶奶』！」

許多女人想「回歸家庭」做全職家庭主婦，不是真的期盼回家做家事、當「煮婦」，她們只是在職場打拚得累了倦了煩了，想找張長期飯票，不必工作只要撒嬌就可以衣食無缺，舒服地過「在家睡覺、沒事逛街」的生活。

這是「被豢養情結」——把自己當成了寵物。

如果妳想當寵物，妳就必須討主人歡心，否則他不養妳，妳就不得活；當主人忙得不可開交時，妳還必須自動滾開；妳也必須搖尾乞憐，當主人厭膩了妳的存在後。

　　所以，當寵物有當寵物的快活，也要有當寵物的自覺，妳要依附對方的喜惡而活，而且，不能要求主人只養妳這一隻寵物！

　　看不清楚這點，妳的災難不只是愚蠢而已。

　　可能是無休無止的背叛和忽略。

愛，只能有一個選擇

　　貪婪，也是一種愚昧。

　　人總是希望同時擁有兩個情人，一個很愛你，為你受苦沉淪卻至死不渝；一個你很愛，讓你受傷痛苦也生死不悔。

　　如果不能，那麼，能同時多一、兩個人愛你也是好的。那種被爭奪、被簇擁的感覺，會讓你覺得自己很重要。

　　只是，很少人能夠如願，即使如願，也可能沒有想像中痛快。終究，會有一方發現，然後，在愛情這獨佔事業中爭取唯一的地位，假使你還遲遲不肯決定，最後總會有人選擇退場，而離去的很可能是你最想要的那個人。

人的生物本能是渴望多位伴侶的。

但，愛的戰場卻十分殺戮，只有你死、我活。

在生物性和愛情獨佔慾的衝突中，你必須做某些讓步協調，「捨得」，能捨才能得，一味痴心妄想著齊人之福，只會兩頭落空、全盤皆輸。

「兩個人都各有所長，該如何取捨呢？」

想想：失去誰，你最心痛？

想想：得到誰，你最開心？

只能有一個選擇，你就必須壯士斷腕。

不懂取捨，是愛情中致命的愚蠢，終會毀了自己和別人。

愛 的 放 手

———

CHAPTER 07

放手，
不是要釋放對方，
而是不再為難自己。

別再傷心了，好嗎？

她的眼睛，再度起霧。

這些日子以來，她的眼，幾乎都是濕的，正確來說，從半年多前她愛上了那個男人，這位陽光女子的臉上開始有了其他的天候。

以為不會愛上的，以為不會這麼蠢，聰慧自信的女人還是在愛情中成了傻子。

第三者，註定只能是愛情的乞丐，這個永遠都是第一的好勝女子，卻甘心在愛裡乞憐著別人殘餘的溫柔。

她另外申請了一支手機，讓它成為他們之間專屬的聯繫，然後把手機二十四小時開著，推掉一切應酬，拒絕所有追求者，只守著、守著那男人不定時、極少時間的造訪。不只週末或假日，大部分的時間，她總是在等待，等著手機響、等著他來、等著希望再度落空。

有些人因為寂寞而愛，她卻因為愛了而寂寞。

西洋情人節上午，她接到了男人的電話。

「下午我請了假，中午我們一起吃飯。」

像原本被宣佈已落榜的考生，陡然被告知錄取了一樣，她

欣喜若狂，一面吩咐助理取消下午所有的行程，一面匆忙趕去弄頭髮、化妝。對第三者而言，每一次見面都必須是華麗的演出，她想讓他看到最美的自己，尤其在如此特別的日子裡。

男人沒有帶來鮮花或禮物，他們甚至沒有點情人大餐，草草吃完午飯，他們直接上飯店房間。完全的身心交融，是愛的禮物。他是愛她的，她告訴自己，要不然工作狂的男人不會擱下工作來看她；不會溫柔地守在病榻用口餵她喝藥；不會用雙手掌心摩搓溫暖她冰冷的手腳；也不會在相見的每一次、每一刻眼光都戀戀地膠著在她身上，不捨稍移。

激情褪盡，她照例戴上墨鏡，兩人一前一後步出飯店大廳。距下班時間還有一個多小時，那個剛剛還熱情如火的男人驀地沒頭沒腦地拋出一句：

「我不送妳了，我要趕去我老婆的公司給她一個驚喜，呃，對了，這附近哪有賣花？」

她不語，咬住下唇，試圖用唇齒的疼覆住心口的痛。他，欺人太甚！

男人察覺了自己的失言，靜默地為她招來一輛車，她上了車，在車門關上的剎那，痛哭出聲。

第三者，是條不歸路，永遠找不到出口的路。

　　從上次她提出分手，男人痛楚萬分地在她面前流下淚，衝垮了她離去的決心以後，她就知道，如果愛是學習，那麼她要在愛中學的是「無求」與「忍耐」，忍著不吵、忍著不鬧、忍著不求，她不想男人為難。

　　他必須維持著完美男人的形象，她不能做他人生的汙點。

　　愛，是成全。

　　「喂！」撥了他的行動，她嚥下了哽咽，逼著自己輕描淡寫：「我沒事，你不要擔心，呃，如果你要買花，在飯店後面第二條巷子左轉……」

　　為什麼愛讓人變得如是卑微？

　　連痛都不能說。

　　「無求，是騙人的；只陪他一段，也是騙人的；付出愈多，妳就愈想要得多；愛得愈深，妳會愈希望地久天長。」她說。

　　終於，不滿像決堤的河，在激烈的爭執中，她又脫口提出分手，「我受不了了，我不要這樣無盡的等待、不要永遠不見天日，我們分手、分手、分手……」

「好，」男人冷冷地，「我們分手！」

原以為男人會像最近每次爭吵後擁抱安撫她，她其實希望刺激他再說一次「難道不能讓我愛妳——久一點嗎？」她需要一些肯定，一些愛的肯定來袪除第三者的不安全感，作夢也沒想到向來有情有義的男人竟這般⋯⋯絕情輕別離。

期待落空點燃了憤怒，憤怒燒光了她的理智，她發狂地抓起桌上的水果刀。

「你現在只有兩條路可走，給我你老婆的電話，或者，我死！」

男人慌了手腳，一邊是懸崖、一邊是猛獸，怎麼選？都是死路！

男人躊躇著。

她等著男人的躊躇。不想逼他的，不是真要他做決定，只想要他收回「分手」。殘缺的愛也許痛苦，分開卻更撕裂，她，不想真的分手。

她手上的刀，在燈影綽綽下，閃著驚心的冷光。

「妳這是飲鴆止渴。」好友曾不只一次對她說。

「我知道，」她笑得淒楚，「不過，愛不就是含笑飲毒酒嗎？

就算這是一杯摧心蝕骨的毒酒，我也要義無反顧含笑喝了它。」

　　「妳——其實可以有別的選擇的。」好友說。這麼一位才貌雙全的女人，身邊從來不缺追求者。她，可以不受苦。

　　「愛上他以後，我就別無選擇了。」她眼神黯然，「原來，愛一個人，很難，不愛，更難。」

　　她手上的刀，在燈影綽綽下，閃著驚心的冷光。

　　她並不確定自己是不是有勇氣割下這一刀，但她能確定的是這一刀下去明天影劇版的頭條肯定會是則大醜聞，而她苦心經營多年的主播專業形象將毀於一旦，她會賠上她的事業、人生和一切。

　　這是一場不公平的賭局。贏了，她什麼也得不到；輸了，她什麼都沒了。初始，男人是真心想要與她天長地久的，後來，離婚已不可能，男人卻還狂妄地想掠奪她全部的愛。這段情，對那男人，是遊戲；對她，卻是生與死。

　　她還在等著優柔寡斷的男人的決定。久久，男人終於開了口：「好，我給妳我老婆公司的電話，妳明天打。」

　　男人給了她電話，她其實知道那是假的電話，不過，至少，

他還肯騙她，不是嗎？

她放下刀子，嚎啕了起來，像個無依的小孩，「我們不分手，不分手了，對不對？」

男人抱住了她，在她耳畔，許下了永不分離的承諾。

山盟海誓，不過是風中的塵埃，轉眼，便可能灰飛煙滅了去。

那天以後，男人便斷了音訊，行動電話關機，打去公司也尋不著人。幾天後，好不容易找到他。

「我不愛妳了，我對妳一點感覺也沒了。我們……就到此為止吧！」男人的聲音冷得像嚴冬冰雪。

「不，你是愛我的，你只是在氣我……對不起，我錯了，我發誓以後絕不瞎鬧胡吵了，我會乖乖的……」

她哭著求著挽留，男人卻冷著恨著掛掉電話。

寡斷的男人最果斷的一次，卻是絕義絕愛絕了緣。

口口聲聲說愛的男人，還是在面臨婚姻與愛情的抉擇時，斷然背棄了她。

男人走了，烏雲從她的生命中散去，霧氣卻迷濛了她的眼。

「我好想他，瘋狂地想他，」打給閨蜜好友，她在電話那

端哭得肝腸寸斷，「我捨不得、也好不甘心，我這麼愛他，他怎麼可以說不愛就不愛，說走就走呢？我恨他，我這麼痛苦，他卻不痛不癢，我想打電話給他老婆，揭開這一切……」

「妳真的很愛他嗎？」好友問。

「很愛！」她堅定道，「愛得可以為他死。」

「那麼，再多愛點，再多愛他一些——放手吧！」愛上了情愛的侏儒，她必須學會放手、學會堅強，做愛情中的巨人。

因為愛他，所以放手。不想為難對方。

傳說，有個具有神力的巨人因為闖了大禍，天神一怒，把他關進一隻小瓶子裡，除非有人打開瓶蓋，巨人才能得救。

被禁錮在瓶中的巨人痛苦萬分，於是，他發了誓：

「如果有人能把我放出去，我就讓他成為世界上最富有的人。」

男人走了，也帶走了她生命的陽光，哭著醒來，醒了又哭，像快溺斃的人急著抓住一塊浮木，她開始瘋狂著迷於命理，「我們可能復合嗎？」她殷殷切切地問。

星座和紫微鬥數都算他們緣難盡、情未了，塔羅牌得到的

是代表希望的「太陽」，奧修占卜卡抽到的是「success」，她相信愛不會就這麼結束，以前他們不也分分合合好幾回？她寫了一則長長的訊息痛批自己的任性、懇求男人的原諒，然後，無止無休等待回音。

她發了誓：「只要他回來，我甘願永遠做個第三者，絕對不再吵鬧。」

一百年過去了，傳說中的巨人仍被困在瓶中。

巨人又許了一個願：「誰能救我出去，我會讓他成為世上最富有、最聰明又最有權力的人。」

悲傷，還在持續；寂寞，無盡蔓延。

腫著淚眼，她許了願：「我願意折壽十年，只求他回頭。」

又一百年悠悠過去了，巨人絕望了。

「如果誰放我出去，我就一口吃掉他！」

等待，在時間的河流裡，磨成煎熬。

她終於忍不住打了通電話給那男人。

「你……好嗎？」她小心翼翼。

「還好。」簡短有力，不帶一絲情緒。

「我……我的訊息，你看到了嗎？」

「嗯。」

「你覺得……嗯，你有什麼感想？或者，你有什麼想說的？」她慌亂地尋找適切的措辭。

「沒有。」依舊簡短。

她嘔心瀝血撐了兩晚寫的道歉訊息，竟只換得如此回應！她掛上電話，斷了奢望，斷了思念，也斷了心。

絕情最好，互不牽連又一生。

該醒了。

海灘上撿貝殼的男孩無意間發現了這只瓶子，扭開了瓶蓋，咻地一陣輕煙，竄出一個巨人。

「我說過，誰放我出來，我就要吃了他。」語罷，巨人一把抓起男孩。

就在千鈞一髮間，男孩急中生智，「哈，你說被關在瓶子

裡幾百年，我才不信呢，你這麼大，瓶子這麼小，怎麼裝得下你？除非你再鑽回去讓我瞧瞧。」

巨人真的咻地再鑽回瓶裡，男孩立刻蓋上瓶蓋，將瓶子往大海奮力一拋。

畢竟不是狠心的人，做不了感情中的巨人。

她斷念的決心，在男人的一通電話後又宣告瓦解。

「我——放心不下妳。」男人說。

「我很好，真的，我沒事，分開以後，反而有一種撥雲見日的輕鬆。」她倔強道，不肯讓對方察覺自己的軟弱。

這通來晚了的電話，讓原本開始結痂的傷口，又被撩撥出血。

「我該怎麼辦？」她問好友，漸去陰霾的臉上，再次愁雲慘霧，「才從那麼劇烈的痛楚中掙脫出來，難道還要再回頭，以後再重來痛過一次嗎？不要！那種痛——太痛了！」

好友心疼地看著她。懦弱男人想愛卻不敢愛，這般反覆無常，根本是一種凌遲。

「談這樣一場不被珍惜又沒有未來的愛，妳不累嗎？」好友問。

「我也恨透這樣還愛著他的自己，可是，我真的不知如何

安置自己。」

　　冰雪聰明的女人，事業或生活難不倒她，愛情卻是她致命的罩門。

　　「如果不能不愛他，那麼，」好友握緊她冰冷抖顫的手，「試著也同時多愛自己。」

　　「一個多月來，我一直一直很努力試著把愛收回、多愛自己一些。」

　　「那麼，再多愛、多愛妳自己一點──放手吧！」

　　因為愛自己，所以放手。

　　不想苦了自己。

　　換掉手機號碼，向新聞部請了長假，在航向異鄉國度的郵輪上，沉靜的海面，波光瀲灩，三五隻海鷗，在藍空中恣意盤旋颺飛。她將男人送的一支刻了她名字的筆，往大海奮力一拋。

　　「遠離錯誤的愛，遠離那個不夠愛我的男人，我發誓──我要善待自己。」她說。

　　起霧的眼睛，隱約透出一抹晴空朗朗。

　　霧會散去的，她知道。

因為愛，放棄愛

CHANGE YOUR MINDSET

愛，必須自私

愛情具有強烈排他性，很難不自私。

是獨資事業、不能是股份公司，只能獨佔、不能分享，是愛的本質。

因此，做兩人遊戲中多出來的那一個，是很苦的。身為第三者，必須拋去愛的「排他性」，委屈地接受另一位「大股東」的存在，而且，學會、認清自己是這場關係中「較不重要」的那一個。

情人眼裡容不下一粒沙子，第三者卻得學著在眼裡容下一顆巨石。

這，很難，很難。

也許一開始你只假定陪他一段，只想「為愛而愛」享受愛的甜美而已，但是，隨著感情愈放愈多，你會愈要求愈多、愈想獨佔對方的愛、愈無法忍受自己不是「唯一」而只是「其一」。情況逐漸失控，不滿和不平衡愈積愈多，終於，把你沖離當初單純的初衷。

你總算明白，你高估了自己對愛的無私！

名作家貝·列·列昂尼多娃說：「當你的行為關聯到其他人的命運時，便要好好地想想你在做什麼，絕不可向有家室的人無理智地

放任自己的感情。」

　　妳放任，於是，妳捲入三角的漩渦，不可自拔。

　　三角的愛情，十分危險，它就像嗎啡，雖然可以帶來短暫的愉
悦，卻有害身心。

　　他在妳身邊，是天堂，那種不見容於世人的偷情感覺，有時更
讓人覺得刺激。

　　但是，他離開後，妳就會陡然墜入地獄，「他跟那個女人在一
起嗎？」、「他們在做什麼？」、「他會像吻我一樣吻她嗎？」……
這些亂七八糟的想像，足以把人逼瘋。再加上道德輿論、世俗的眼光
以及永遠沒有未來的茫然，都會令僅有的愛情甜蜜煙消雲散，剩下無
盡的苦難痛楚。

　　愛，當然不一定有未來，但一定沒有未來的愛，不談也罷。

做個快樂的第三者

　　愛，錯了嗎？第三者總註定要受苦嗎？

　　倘使愛是必然，你不能不愛，而且寧愛不悔，那麼，首先，你
要懂得解開「道德的緊箍咒」。不要自責是破壞人家家庭的壞人，更
不要自艾自憐是情愛中的受害者，自責會使你無法盡情去愛和被愛，

自憐則讓你失去平衡、感受不到愛的幸福。

　　其次，如果你學不會去愛你的情敵，也要試著不去為難對方。

　　先來後到，畢竟對方才是原配，如果你的愛沒錯，那對方又何嘗必須忍受被掠奪的苦呢？和別人「分享」一份愛很不好受，但別忘了，對方本來可是「獨享」呢，是你去「瓜分」了對方的愛！

　　第三，享受獨處，而且不去胡思亂想。

　　愛會讓人產生依賴、習慣有人陪伴，但對第三者而言，孤單是愛情的大部分，你要能一個人好好過。當他在你身旁，就恣情享受愛的甜蜜，當他不在時，不要想追問他愛誰多一點，情到深處無怨尤，即使知道你形單影隻時，他正一家和樂融融，你也必須試著不嫉妒、不感傷、不憤怒、不發狂。

　　第四，接受你「隨時可能被放棄」的事實。

　　你要明白就算對方真的有真心與你地老天荒，有時也會礙於情勢或現實而不得不放棄你，這是第三者的宿命。所以，你可以期待「有些愛情，是沒有婚姻，也可以天長地久」，但是你也要瞭解，一旦走不到終點站，你就必須在中途黯然下車。

　　但願人長久，隨時可以走，是第三者的遊戲規則。

　　這樣，你才可以做個快樂而稱職的狐狸精或情夫。

婚外情只是海市蜃樓

很多人都以為自己做得到「分享」、「無求」和「無怨」，事實上，付出是很難不求回報的。

絕大部分的第三者都會因為不停要、因為要不到，而備嘗痛苦；總是癡心妄想這人總有一天會離開原配，因為「他是這麼這麼愛我」。

這樣的信仰，是必要的。香港作家張小嫻在書中寫道：「身為第三者，我必須比任何人都相信愛情，因為如果沒有愛情，我只不過是個破壞人家家庭的壞女人。」

愛，是支撐第三者存在的唯一信仰。

不過，你可以信仰愛情，但不要信仰情人說的：「給我一點時間，我會跟他離婚的。」

大多數人，尤其是男人，都是很懶的，他們不會輕言離婚，因為離婚要面對一大堆財產、家族和子女的「破壞」，還要重新做親友、生活的「建設」，只要想到隨離婚而來的一連串瑣碎事項，男人多半還是寧可選擇——安於現狀。

所以，不要心存「扶正」的妄想，那只會加深你「要不到」的失落；更不要因為不平、不滿而玩起「分手」的遊戲——除非你真心想一刀兩斷。

第三者，沒有「分分合合」的本錢，那是原配的特權。

　　婚姻，是一座城堡，縱使要離婚，也須經過一番激烈的纏鬥摧毀。而婚外情，只是一座積木堆成的海市蜃樓，稍一搖晃便傾圮消翳。因此，一次、兩次的提出分手，都會釀成婚外情的大地震，次數多了、久了，情人會膩了、煩了，最後就──散了。

*　　沒有婚姻的牽繫、沒有希望的未來，第三者豈只是條不歸路？它根本是荊棘滿佈！*

放手，是解救自己

　　一開始就錯了的愛，很難走出對的結局。

　　放手，是唯一的路。

　　然而，牽手不易，放手，更難！

　　總是來不及在該放手時放手，總是學不會在來得及時說再見。

　　因為，不捨。因為，不甘。因為，放不下。

　　不捨他的溫柔愛意成為明日黃花，不甘自己的癡心戀慕付諸東流，放不下美好時光從此一去不回，你怕痛、怕決定，於是，懸著耗著擱著，直到濃情變成傷害、愛已病入膏肓。

　　這時的痛，更痛！

沒那麼難的。你必須告訴自己：轉開視線，不再眼睛只看著他；想想沒有他以前，你怎麼活；不再讓生活中只有他，試著忙碌、試著多愛自己、試著享受孤單，然後，放手！轉身走開！

　　是的，你會痛徹心扉、痛不欲生，會真真切切感受到「心痛」原來不是名詞，而是深刻的「動詞」；會清清楚楚體會到法國文豪司湯達說的：「愛情本身就是一種最痛苦的折磨。」縱使如此，你還是必須放手。

　　愈傷得深，愈要放得開。放手，不是要釋放對方，而是不再為難自己。

　　沒有青春不會老的，沒有感覺不會變的，沒有分手不會痛的。幸好，沒有忘不了的痛苦，也沒有度不過的悲傷。你，會好起來的。

　　只有放掉不合適的愛、離開不能愛的人，你才能騰出你的心、淨空你的手，等待真正有緣的人用真情的掌心，來溫暖你、陪你看下一個冬去春來。

愛 的 調 適

————

CHAPTER 08

分手，未必是悲劇。
懂得因為分手而反省、淬鍊，
才是最好的調適。

昨天，你還愛著我

「我不想再見到你了！」

安琪憤然抓起背包，頭也不回地朝餐廳門口走。

本來計畫好的出國旅遊，卻因為泰祥的一句「公司趕訂單，不能請假」就取消了，教安琪怎能不氣急敗壞？這一個多月來，為了兩人的「預支蜜月A計畫」，安琪不但跟同事協調良久才換班成功，請假時還看了半天主任的臉色，甚至為了給泰祥一個永生難忘的回憶，安琪還卯起來花了四分之一個月的薪水買了一套性感睡衣和比基尼泳裝。她滿懷期待地想像著──在法國蔚藍海岸的沙灘上，她和泰祥戲水逐浪，嬉笑追斜陽；然後，在異國飯店裡，兩人通宵繾綣，喁喁訴衷情……這一切美夢，居然就這樣莫名其妙地破滅了！

愈想愈氣，安琪邊跺腳邊衝出餐廳，剛到路口，身後就傳來一陣急促而慌亂的腳步聲，猛地，她的右手被攫住了。

「對不起，我也是身不由己啊，不要生氣，好不好？」泰祥一逕打躬作揖，「對不起，對不起……」

安琪餘怒未消，逕自揚手招來計程車，車門關上之際，泰祥身手矯捷地跟著鑽入後座。

「西門町老天祿。」安琪吩咐司機。

　　到了老天祿，安琪自顧自選購媽媽最愛吃的鴨舌、鴨翅，無視身旁一路陪盡笑臉的泰祥。每回安琪要回南部一定會跑趟老天祿，泰祥就是欣賞安琪這般的體貼孝心，「孝順的女孩最迷人！」泰祥想。

　　泰祥搶先付了帳，安琪的臉色仍一如長年不化的南極冰山。瞅著神情氣呼呼、臉頰紅撲撲的安琪，泰祥莫名來由竄起一股衝動，他霍地一伸手攬緊安琪，不顧安琪的掙扎、不管當街人來人往，強吻了安琪。

　　「天哪！」泰祥濁聲嘟噥，「妳這可惡的小魔女，為什麼妳連生氣都可以這麼誘人？」

　　第二十三通！

　　半夜一點，泰祥的手機依舊是冰冷的：「您撥的電話現在收不到訊號」，安琪不耐地掛上電話。其實，她並不是那種很黏人、總是「奪命連環扣」的女人，要不是泰祥每天習慣入睡前給安琪一通電話、今晚不明所以的失蹤，安琪也不會如此焦躁不寧。

　　說起黏功，泰祥才是真的「容易黏人的男人」，每天不跟

安琪通個幾次電話便無法安心，安琪忙加班，他也賴著：「讓我看妳一眼就好，一眼！我保證看完一眼就走人，絕不妨礙到妳。」安琪拗不過他，又好笑又甜蜜嗔道：「開個一小時的車過來，看一眼幾秒鐘，你也甘願？真是服了你！」連安琪到嘉義出差，泰祥也可以不遠千里迢迢趕去陪安琪吃頓晚餐。

「再忙，也要跟妳見一下面。」泰祥總這麼說。

快午夜一點半了，安琪又拿起手機，此時，門鈴啾啾地響了。

門外站著的是，被滂沱大雨淋成落湯雞的泰祥。

「剛剛應酬被客戶纏住抽不開身，我的行動收不到訊號……」泰祥語無倫次地說道：「我突然好想好想見妳……」

看著深夜冒雨前來見她的泰祥，安琪的眼睛微微泛起了氤氳，不過，一想到自己撥了整夜電話、擔了整夜的心，安琪不甘心地板起臉，跋扈地指著泰祥的鼻尖：「曹泰祥，你給我聽清楚，從現在起，你的手機給我保持二十四小時暢通，否則我就留爆你的語音信箱，再聯絡不到，你就給我走著瞧！」

「是，女王陛下，」泰祥裝出一副誠惶誠恐的佞臣模樣，彎腰曲膝道，「小的下次不敢了。」

他不由分說一把抱起安琪往臥房走。為什麼這樣霸道撒潑的安琪看來反而有一股致命的魅力？泰祥也不懂，原來，女人的潑辣也可以是另一種動人風情。

在愛情中，女人容易因為被寵愛、被追求而變得任性蠻橫，安琪也發現了自己「恃寵而驕」的劣根性。

自己約會遲到個把小時，還一副理所當然，換成泰祥只遲到十分鐘，安琪就賭氣整晚不說話；泰祥買錯了鮮奶的牌子，安琪就冠他一個「不重視我，不關心我」的罪名；有時，安琪暴怒跳腳，只是因為泰祥忘了幫她的湯麵加辣椒，或者不小心坐了安琪原本想坐的靠窗位置；更多時候，安琪發飆，只是因為泰祥在接吻後的「虔誠時刻」偷偷打了個呵欠，或是在說「我愛妳」時猶豫了零點五秒……

泰祥總是好脾氣地包容安琪的壞脾氣。

他是愛我的，沒有足夠的熱情，不會讓人受氣也甘之如飴。安琪想。

不過，再好的脾氣也禁不住一再的折磨，安琪機靈地感覺到泰祥的不耐和忿怨正一分分加溫。

　　真的很愛泰祥，安琪想讓自己變成一個更適合泰祥的女人，她開始學著克制自己脾氣、學著善解人意。泰祥臨時加班，留安琪一個人在電影院門口，她沒有一聲抱怨；泰祥熱衷上網打遊戲冷落了安琪，安琪就自己看韓劇打發時間；泰祥和朋友打麻將忘了打電話給安琪，安琪也只是說：「你好好玩吧，打完再給我電話。」連句責怪也沒說。

　　「我不相信有男人會不愛上這麼溫柔可人的妳。」泰祥常常這麼說。

　　瞭解天秤座的泰祥「重視朋友」，安琪也陪泰祥一道去Men's talk，試著適應男人間的黃色笑話，她的開朗活潑和靈活社交手腕，很快地，與泰祥的朋友打成一片。安琪發現她和泰祥之間愈來愈甜蜜融洽，齟齬少了，愛，多了。

　　這天，如果不是泰祥前女友冰冰的乍然出現，安琪也不會有那些教泰祥顏面盡失的反常舉措。她原本是一百分的。

　　泰祥哥兒們阿志的生日會上，安琪像隻愛撒嬌的貓咪黏膩在泰祥身上。陡地，泰祥全身一凜，順著泰祥直楞楞的目光，安琪注意到門口進來了一名十分出色搶眼的女郎。直覺！女人特有的直覺告訴安琪，那個女人，就是泰祥的前任女友冰冰。冰冰神

色自若踱過人群，走到泰祥面前，然後親暱地與泰祥閒話家常，熱絡得彷彿兩人從未分手似的，從頭到尾，冰冰沒有正視安琪一眼。

泰祥也沒有！

即使安琪刻意更偎近泰祥，泰祥依舊只顧著和冰冰聊天。

對泰祥漠視的惱怒、對出現情敵的妒意、混雜著害怕失去情人的忐忑，終於將安琪的自持擊潰，眾目睽睽下，她把酒杯中的水潑向泰祥，在眾人驚愕中，決然拂袖而去。

才衝出大門，安琪就後悔了，不該的！不該如此毫無風度、不該讓泰祥顏面盡失，更不該讓主人阿志難堪困窘，但是，她實在擺不平自己紛亂起伏的情緒啊！

在巷口前，泰祥追了上來。

「我不曉得她會來，一時之間不知怎麼面對她，妳是……是該生氣的，我……」泰祥期期艾艾道。

深吸口氣，安琪道：「不，這件事不能全怪你，是我太任性、太衝動了，對不起。」

泰祥訝然地瞅著安琪，霍地，一把摟緊安琪。

「不要這麼善良，不要這麼完美，好嗎？」

　　泰祥想，他一定會愛這個女人一輩子的。

　　又是安琪的電話。

　　泰祥無奈地看了眼手機上顯示的號碼，他實在厭煩了安琪的無聊問候，就算接了，也只是「你在哪？忙嗎？……那我不打擾你了。」泰祥也搞不懂自己，為什麼以前會覺得每天跟安琪通四、五次電話是一天中最甜蜜快樂的時光，更想不通自己以前怎麼會時時想見安琪、老衝動得擱下一切趕到安琪面前。

　　煩躁！

　　現在，聽到安琪的聲音，泰祥就是一陣莫名來由的煩躁。寧可與三五哥兒們閒聊打屁，也不想與安琪碰面，像上禮拜安琪又要返鄉探親，看她又拎著大包小包老天祿的滷味，泰祥驀地竄起一股極度的厭惡膩煩。

　　「妳累不累啊？你們嘉義是沙漠嗎？都沒有這些東西嗎？」

　　見安琪一副受委屈的小媳婦模樣，泰祥更是一肚子氣：「我不送妳去高鐵站了，我臨時有事要先走。」

　　不待安琪回應，泰祥甩身就走。

　　最教泰祥受不了的是，昨天他只不過與公司業務助理雯萱

共進晚餐「聯絡情誼」，又只不過碰巧讓也到那家餐廳用餐的安琪撞見他摟著雯萱的腰而已，又不是抓姦在床，安琪就氣得當場瞪眼踩腳走人。

　　泰祥可是連追都不想追呢，女人是不能寵的，反正天下女人多得是，來去由她吧！只是走了就算了，安琪居然還跑到泰祥家門口「堵人」，要泰祥給她一個交代。

　　交代？我還「膠帶」咧！泰祥在心中不住罵道。

　　本來整晚愉悅的心情，在見到安琪的瞬間一掃而空。要安琪上車，泰祥把車直駛河堤旁，他可不想吵得家人鄰居都來看笑話。

　　「那女人是誰？」安琪劈頭便問。

　　「公司同事。」簡短俐落，泰祥順手拔起一撮雜草。

　　「你是不是……對不起我？」安琪泫然欲泣。

　　什麼對不起她？男歡女愛本是兩廂情願，一個願打一個願挨，合則聚、不合則散，哪來對不起？泰祥厭煩地敷衍道：「沒有啦。」

　　「可是，我看見你摟著她，你還……想偷親她，你……」

　　「偷親？拜託，妳少神經過敏，好不好？」

　　「你還說我神經過敏，我明明親眼看到的。」安琪泣不成聲，「你變了，你以前從不會這麼大聲對我說話，而且你最近老說忙、不來找我，我……」

　　「哭、哭、哭，妳煩不煩啊？」

　　泰祥轉身大踏步走向車子，咻地飛速把車開走，留安琪一個人，在暮秋微寒的河堤畔。

　　泰祥手機響了，又是安琪打來的！

　　「女人，真是麻煩的動物。」

　　泰祥索性切掉手機，暗忖著明天是不是該去換掉電話號碼了。

　　千躲萬躲躲不過，該來的終歸要來。

　　雖然在安琪到來之前，她已經連打了近十天的電話，留了不下三、四十通的留言與簡訊，還送來泰祥最愛的酸菜白肉鍋和她親手勾的圍巾，還有附著「希望你加班別體力過分透支喔」字條的雞精……

　　今晚，在泰祥公司門口，泰祥終於被安琪「堵」到了。

　　「打電話，你不接；留言，你已讀不回；送東西來，你不在，

連通電話也不打來⋯⋯」安琪嗔怨道。

「我忙啊！」

「『再忙，也要跟妳見一下面！』你以前不是都這麼說的嗎？」

「妳到底想怎樣？」泰祥頓了頓，面無表情道，「我想我們真的不太合適，還是分手吧！」

「為什麼？你以前不是都一直覺得我們像是『為彼此量身打造』的嗎？」安琪慌忙道，「我們哪裡不合適？我哪裡不好？我可以改呀！」

「妳太任性，動不動就發小姐脾氣，還有妳太黏人了，每天要通電話才滿意，我需要空間啊，還有⋯⋯」

「可是，你以前說喜歡聽我說話，說要是沒聽到我的聲音，你就渾身無勁，你還說⋯⋯」

「以前是以前，現在是現在，我現在多忙啊。」泰祥極嫌惡地瞅著安琪，像瞅著腐肉上的蛆蟲，「妳看妳就是這樣，老愛比較、**翻舊帳**、老愛提『你以前怎樣』、『你以前說什麼』，我真是受夠了。」

「對不起，我會改的，我發誓我一定會改的，對不起，

我……」

　　「沒用的，我對妳已經沒有感覺了，我們分手吧！」

　　望著泰祥絕然離去的背影，安琪無意識地拉扯著頭髮，是的，一定是她不夠好、是她太驕縱、太任性、太壞脾氣才會失去了泰祥。

　　一定是這樣的……

　　「雯萱，妳聽我解釋。」顧不得其他同事好奇的眼光，泰祥追著雯萱一頭衝入電梯，「那女人一直糾纏著我，我罵她、跟她說分手了，她還是不斷打來，我也無可奈何。」

　　「無可奈何？天曉得，你跟那個安琪是不是還前情未了、藕斷絲連啊？」

　　「我發誓我絕對沒有理她了，昨天連她送來的東西我都拒收。」泰祥舉起右手。

　　「好啦，這次我相信你，但是以後不准接她的電話、跟她見面，還有，你最好給我安分點，我昨天整晚都打不通你的手機，別再告訴我手機沒電了，下次再讓我找不到你，你就完蛋了。」

　　「是，遵命！」泰祥做出小李子下跪的模樣，逗得雯萱噗

嗤笑出聲來。

　雨過天晴，泰祥趁勢一把摟緊了雯萱。這個連生氣都迷人的女人，泰祥想，他會甘願一輩子做她的奴隸的。

愛是晴時多雲偶陣雨

CHANGE YOUR MINDSET

委屈，求得了殘缺

有時，我們真的會很遺憾，在愛情裡，付出未必對等於獲得！

即使你費盡心思去經營感情，努力讓自己變得更好更適合對方，愛情還是會變，愛人仍然可能薄倖遠走。

愛情不是天平，你付出愈多，得到的不一定愈多。老公外遇，老婆在請教婚姻專家後捺住憤恨與心痛，把家安頓得更好，對老公更溫柔寬容，結果，真心換絕情，老公終究還是拋妻棄子，與外面的女人雙宿雙飛。為了挽救愛情，有的人去瘦身減肥，有的人去隆乳豐胸，有的委屈自己睜一隻眼閉一隻眼，有的勉強自己「個性大塑身」逼自己變成對方希望的典型……到頭來，情人依舊說再見。

委屈，往往求不了全，反而求得了殘缺。

殘缺了自己的尊嚴，或者，殘缺了愛。

當然，懂得在愛情中自省，是好的。原本兩個有稜有角的個體，因為相愛，所以學著反省調適，修去了尖銳與碰撞，終於成為兩個可以和諧運轉的圓。

但是，過度自責或委屈，則毫無必要，因為愛情的去留，可能與你的好壞無關，有時，只是——氣數盡了而已。即使沒有第三者，許多愛情還是會無疾而終「自然死亡」。愛情有時就像四季輪替，

冬天不會有夏日的燦豔，秋天也不會有春季的柔風，現實生活不可能總是晴天。戀愛初始，透過狂烈愛慕的目光，情人眼裡可以出西施、母豬可以變貂蟬、平胸也可以很性感，這時，就算是天大的缺點也視若無睹，甚至，在愛情柔焦鏡下反而成了致命吸引力。然而，一旦愛感覺不再了，所有當初欣賞的優點全成了無可忍受的缺陷。你也許沒變，但是他的心情、他看妳的方式卻變了。

愛的時候，你什麼都對。

不愛的時候，再對，也錯了。

愛你時，讀你千遍也不厭倦；不愛了，多瞅一眼也嫌煩。

香港名作家李碧華說：「男人愛上一個女人，不管她如何對待他，他都愛，溫馴也是好、潑辣也是好。不愛了，一切都是錯！」

多叫人心顫的一番話！

愛的來臨，無法預料；愛的失去，多半非關好壞。

愛也會讓天使成了惡魔

愛，讓人想變得更好，也會讓人變壞。

溫和講理的人，因為情人的寵溺而變得狂暴野蠻；親切體貼的人，因為被愛的優勢而變得任性自私。約會遲到，如果遲到的是普通

朋友，你頂多笑罵兩句：「你死人啊，讓我等了半個小時，罰你請喝飲料！」萬一遲到的是情人，即便只遲個十來分鐘，也可能惹來兩人一晚的冷戰鬥氣。有事發脾氣，沒事也生氣，因為他總是會讓妳，因為妳知道他愛妳。

他愈愛，妳愈壞。

妳愈壞，希望他愈愛妳。

我們總是對我們最在乎的人，最殘忍；對最愛我們的人，最壞。

總以為不會失去對方，所以，有恃無恐。

總仗著對方的寵愛，所以，恃寵而驕。

愛，會激起人性最偉大的一面，讓人願意犧牲、無悔付出；但愛也會激發人性的最陰暗面，讓人變得狂妄自大、任性驕縱，天使也成了惡魔。

這是愛的迷失。

變了，就該放手

天使也好、魔鬼也罷，一旦他不愛你了，再好再壞也無濟於事，不愛就是不愛了，說你不好、挑你缺點，都是藉口罷了。

愛一個人，可以沒有理由。但不愛時，一定會有很多藉口，來

合理他的變心。

　　儘管這些藉口，大多可笑至極。

　　「我不能跟你在一起，因為我朋友都反對我們。」

　　戀愛是兩人談的，分手卻搬出了閒雜人等。

　　「我們分手吧，因為我家的貓不喜歡你。」

　　兩人的愛情，到底干寵物何事？

　　「我們祖宗有發誓，我們這兩個姓氏不能結合一起。」這是電視節目裡一位觀眾被分手的理由，簡直滑天下之大稽。既然姓氏不合，當初何必開始？既然已經在一起了，再拿這早已知道的事來分手，豈非欲加之罪！

　　負心就負心了，不要再苦苦追問為什麼，真正的原因你問不到，你問到的多半也不會是真正的原因。不要翻出舊帳，「你說你永遠愛我」、「你當初說要照顧我一輩子的」……

　　許下承諾，和實踐承諾是兩回事。當初信誓旦旦言猶在耳，而今景況依舊、人事卻全非，其實，他並沒有騙你，戀愛最初，每個人都期待「對了，就是這個人」，也都以為這次真的可以天長地久。說要永遠愛你的當時，是真心全意的，他並非存心騙你，如果早知道他最後會厭倦你，他是不會說出這番海誓山盟的。

愛會變，變了就該放手。齜牙裂嘴逼問或苦苦哀求回頭，只會惹來嫌惡厭煩，讓最後一點美好與留戀都煙消雲散。

　　如果可以，給對方一個美麗而蒼涼的揮別手勢，然後，轉身，讓對方看著你的背影瀟灑消失。

　　如果不行，就矇住眼、捂住耳，斷絕和他一切往來和遐想，不必急著「不是情人、還可以是朋友」，等時間把狂情熱愛變淡、把熱戀傷痕療癒，等一切成了歷史再說。

　　愛過就算，不愛了就放。

　　分手，也是一種愛情的結局。

謝謝他磨練你

　　每段愛情，都是一種全新的體驗。

　　每次愛過，都會讓你學會一些東西。

　　日本社會學家藤本義一說：「當戀愛失敗，對方離你而去時，不見得絕對是悲劇。」

　　學會反省，學會去除性格中的稜角，雖然未必挽回得了愛情，不過，你可以試著這麼想：謝謝他磨練你，這樣更好的你，絕對值得下一段更好的愛情！

你在淬鍊調整，等著那個真正懂得愛你的人，等著他也在歷經一切後，與你相遇。

愛 的 現 實

————

CHAPTER 09

愛，免不了講條件、功能；

愛，只有落實生活，才能真實。

世紀末愛的箴言

———

當蓓穎決定放下如日中天的貿易公司總經理職務時，所有的親友都認為她瘋了。

「妳瘋啦？好不容易闖下這番局面，」好友蘭芷慷慨激昂道，「竟然為了一個認識不到三個月的男人，放棄妳十幾年努力的成果。」

「時間決定不了愛情的深淺，雖然只認識三個月，但是我……真的很愛他。」蓓穎一臉幸福洋溢。

「那他呢？他愛妳嗎？」

蓓穎淡淡地笑了，「他——需要我！他要去美國讀藝術碩士，我陪他一起讀，他英文不好。」

「他英文不好，所以妳去『伴讀』，陪公子讀書、幫他翻譯、做筆記……這，他不是擺明利用妳嗎？」

蘭芷愈說愈義憤填膺，倒是當事人蓓穎仍一派安適豁達。

「不應該說是利用，應該說是吸引吧！我被他的外型氣質吸引，而他為我能幫他在美國求學的『能力』所吸引。」蓓穎理智分析道，「妳不能說我看上他的外型不是利用，而他看上我的能力就是利用吧？」

「可是，這、這、這不一樣嘛！」蘭芷詞窮了。

蓓穎笑著搖頭，「我們往往會愛上我們所欠缺的部分，我長得不夠漂亮，所以喜歡帥的男人，他語文能力一直很差，所以欣賞能說一口道地英文的我。不只異性相吸，而是異『質』相吸，不同特質的人特別容易相互吸引吧！」

　　當初在網上認識署名「醉生夢死」的他時，蓓穎其實並沒任何期待或想像。之前常聽秘書小燁談到網戀的趣事，由於網路的隱密性和匿名性，使得大部分的網友都「掰死人不償命」，什麼「氣質美少女」，保證本人一定俗擱有力兼醜里八怪；署名飄逸的「一片雲」、「神采飛揚」，光看談話內容就俗不可耐；至於說自己是「網路種馬」、「波霸豪放女」，一看稱謂就知道醉翁之意不在「交友」。

　　本來，對這種年輕人的玩意兒，蓓穎絲毫也提不起勁兒來，對她這種年逾四十的失婚女子而言，「相親」是最直截了當的方式。離開了那個愛花草勝於愛她的「植物人」前夫，她就不曾放棄尋找真愛，她甚至廣發「英雄帖」給所有親友請大家多多介紹好男人，她知道很多人私下嘲笑她是「花癡」、「不要臉」，甚至有人私下在另一群組嘲諷她：「文學家康納利說的好──再沒有比正在物色新歡的女人更淒厲的妖怪了。」

　　她不會被打倒的！也許過程並不光采浪漫，但是，獲得幸福不是比一切更重要嗎？

　　在「寧可錯約一萬人，絕不漏看一人」的幾十次相親下來，蓓穎得到一個哭笑不得的結論：「難道我在親友的心目中，就只配得上這種等級的男人？」

　　這些熱心親友可能是想她一個失婚又失春（失去青春）的女人「有男人要就偷笑了」，所以「寧濫勿缺」——有那種頭髮掉到只剩一小片綠洲，卻留了一整臉濃密落腮鬍「毛長錯地方」的怪怪男；還有自以為有品味的臭屁男子，從頭到尾不斷批評蓓穎選的這家餐廳菜色不道地、裝潢不氣派、服務不專業、餐具不高級；還有一位是雙眼只顧盯著蓓穎的胸部猛瞧，百般刺探蓓穎的尺寸。

　　「大色魔！拜乳狂！他以為女人的身材只有胸部啊？」當晚蓓穎就氣得打電話給蘭芷抱怨。

　　「反正妳也挺傲人的，怕他幹嘛？女人，挺起胸膛來！」蘭芷耍寶道。

　　「妳神經啊妳！」蓓穎被逗得噗嗤大笑，「我告訴妳，前兩天我姨丈介紹的那位大律師根本是小氣教主，結帳時還要求我

付一半，連十塊錢都算得一清二楚，就算沒看上眼也不必這樣嘛！」

「我看妳這些約會實錄，不只離譜，簡直到了『離奇』的地步了。」蘭芷糗著蓓穎，「所以，我早就叫妳不要找這些業餘媒婆來亂點鴛鴦譜。」

在蘭芷的大力推薦下，蓓穎硬著頭皮踏進了婚友社。蘭芷就是在這家婚友社裡結識了她的準夫婿。據她說，這家號稱全球規模最大的婚友社會員遍佈世界各地，而且三教九流應有盡有，「只要妳開得出條件，他們就找得到，就算想認識非洲的土著酋長、或夏威夷的草裙女郎也難不倒他們。」

「哪那麼神？」

「真的嘛，我們公司之花就是這樣『外銷』出去的，一個三流科大畢業的小小職員，要不是婚友社神通廣大，她怎麼交得到南部的那位富二代啊？」

「幹嘛酸溜溜的？妳也不賴呀！」蓓穎忍不住調侃起蘭芷。已經有了相交兩年的男友，蘭芷還是瞞著男友報名參加婚友社，擇偶條件只簡單俐落地填上「須是美國公民」。在與幾位符合條件的男士相見後，蘭芷很快就選定現在這位老公艾力克，艾力克

沒有蘭芷原來那位男友帥氣挺拔、學歷也大大不如──只除了一個美國公民的身分！

「很多人會覺得我很差勁、很拜金，不可否認我想移民美國的居心，但是有綠卡的人也不在少數，不是嗎？艾力克雖然其貌不揚，經營的餐館也沒有什麼規模，我會決定跟他廝守一生，綠卡是動機，但他的溫柔體貼和對我的一往情深才是主因，女人要的不就是這樣被放在掌心疼愛嗎？情人，帥點好，挑老公，就必須實際些。」

「難怪人家都說女人比男人現實，尤其在婚姻這檔事上。」

蘭芷訥訥笑道：「如果只為了錢或綠卡就嫁，這是交易。當然，我承認我的動機也不是很高尚，不過，我是真的很喜歡艾力克。」

蓓穎成為婚友社會員、在數十次的「排約」後，她發現像蘭芷這般「務實」的尋偶者多如過江之鯽，有甫見面就對蓓穎明白表示好感的，「我正在創業，需要一個像妳這樣精通商業文書、人脈又廣的女強人來幫我。」

蓓穎實在很想問他，到底是在找終身伴侶？還是免費祕書？

還有一位更挑明問蓓穎，「聽說妳曾照顧過妳母親兩、三

年？不瞞妳說，我父親中風好幾年了，一年多來我公司、醫院兩頭忙得快焦頭爛額了，所以，我想找個可以照顧我父親的老婆。」

找個菲傭看護不是更容易些嗎？蓓穎吞下了到口的話。

受夠了婚友社這些「實事求是」的對象，好長一段時間，蓓穎都不想再觸及任何情事。百無聊賴中，她上到網路交友區，原以為都是一些小毛頭閒來沒事亂哈啦，沒想到不少上班族也熱中「掛」在交友區。看來，這是個盛產「寂寞芳心」和「孤單無聊」的年代啊。

遇見「醉生夢死」是因為他有著超乎三十幾歲男人（如果他沒騙人的話）的成熟，他們在網上交換心情，像一對熟識已久的朋友。

「最近又看了一次『鐵達尼號』，感動依然。一生如此生死相許愛過一回，就值得了吧。」蓓穎的指尖熟練地在鍵盤上跳舞著。

「我覺得鐵達尼號應算是一齣喜劇。」醉生夢死說。

「……？」

「他們的愛停留在最美好、最熱烈的一刻，死亡，讓他們的愛永恆不朽！試想，傑克沒死，他們一起到了美國結了婚，蘿

絲一定會嫌棄傑克只是個會畫點畫、卻連老婆都養不飽的窩囊廢，傑克也肯定會埋怨娶了一個驕縱奢侈的惡婆娘，最後，愛侶終成怨偶。」

「你好悲觀。」

「不是悲觀，是看破人生的了悟！」

「你說得好蒼涼，該不會曾被某個女人拋棄過、有感而發吧？」蓓穎玩笑似地在最後打上一個笑臉。

螢幕邊地，靜止了。

就在蓓穎以為對方已經離線時，螢幕又跳動了起來。

「她是我最愛的女人，交往七年，結婚當天，她做了落跑新娘，留我獨自面對殘局。」

蓓穎可以想像一個男人面對著眾多親友的質詢和同情，結婚進行曲成了諷刺的哀歌，熾紅的喜幛祝詞彷彿在猖狂嘲弄著落單的新人，此況此景，情何以堪？

「她沒有任何交代？」蓓穎問。

「她只留下一張字條——我不能嫁給你，對不起，我愛你，原諒我。」醉生夢死很快的打了出來，顯然字條內容在他心坎早已反芻成千上萬遍。

「後來呢？她有給一個合理的解釋嗎？關於逃婚。」

螢幕上又是一陣長長的靜止，好半天，才又跳出字來，「沒有，不過，後來我聽說在結婚前她就跟一位籃球國手在一起了。」

可惡，既然移情別戀了，幹嘛還答應婚事？答應了又為何要臨陣脫逃？

那天交心深談後，兩人之間似乎更親近了些。上網，變成蓓穎工作以外生活的全部。

「今天我的心情是sunny，你呢？」這是他們習慣的開頭語。

醉生夢死的心情多半是多雲的陰天。也無風雨，也無晴。

透過交談，蓓穎得知醉生夢死學的是戲劇，目前是尋夢劇團的專業演員。瞞著他，蓓穎偷偷去看了劇團的公演，在闃暗的台下，她炯炯地緊盯著每一位男演員，猜忖誰更接近文字裡的醉生夢死。她沒問醉生夢死的長相，也不知他的真實年齡，其實就算問了也可能白問，虛擬世界裡肯說真話的又有幾人？

走出劇場，冷風颼颼地兜頭兜腦罩來，蓓穎卻感到體內如焚的燥熱顫動，彷彿和久別了的愛人熱情重逢了般，她看到他了！雖然不知道他到底是哪一位？

一回到家，她忙不迭地打開手機：

「今天我的心情是 sunny、sunny、sunny，你呢？」

那端沒有回應，他還沒回到家吧！

「我違反約定了，今晚我去看了你們的演出，感覺和你如此接近。我在台下猜著，哪一個是你？到底哪一個是你？」

沒有回應。

「舞臺上每個角色都塗上一層厚厚的粉，像面具。是不是一戴上面具，自己的人生、自己的喜怒哀樂就得收藏，只剩劇中角色的生命？這樣，也許是好的，至少，可以用另一個人的身分過另一種人生，這就是戲劇迷人之處吧？^^ 我在猜，你演的是那個教授，未語已滄桑，就像印象中，不，是想像中的你。」

沒有回應。蓓穎突然覺得自己似乎在舞臺上演著獨角戲，沒有對手的獨白。

「或者，你演的是同性戀 Allen，他細膩多感，像文字中的你，或者，你是演那個小混混，還是演那個……」

「都不是！」螢幕乍然蹦出醉生夢死的回答，嚇了蓓穎一大跳。

「那，你、是、誰？」

螢幕在一陣躊躇後，「我是誰？我是誰？我是誰？誰是我？

誰是我？誰是我？」

　　蓓穎怔怔望著這一串問句，驟地，她蒐出一張生活照傳給醉生夢死：「這就是我，我就是她，你呢？」

　　螢幕那端又停止了，彷彿過了一億年。他又離線了？他生氣了？還是嫌蓓穎不夠漂亮？是不是會自此不再用這名字出現，讓兩個多月的心靈交流畫上休止符？各種想法不住地在蓓穎腦裡飛掠而過。

　　就在蓓穎準備放棄要按下離開鍵時，螢幕上緩緩出現了畫面，先是頭髮，接著是眼、鼻……是醉生夢死！

　　她看到他了！

　　按住狂亂的心跳，原以為網路上不要碰上恐龍怪獸就算走運了，她絕對料不到他竟如此……帥氣迷人！

　　傻傻地，蓓穎就這樣對著螢幕上的他的照片，足足傻笑了一整晚。

　　像一個原以為只能領到一支棒棒糖的孩子，居然得到一整座糖果屋。

　　照片曝光後，真人相見似乎成為必然。

　　他本人比照片更加俊俏幾分，他不叫醉生夢死，他是唐憶

德，他說他最近正在積極考慮出國修讀戲劇，「但是，我的英文太破了。」

「我可以教你呀！」蓓穎是美國長春藤名校的企管碩士。

「我的基礎太差了，要學到足以留學的程度，可能得花上好幾年。」

「那麼，我陪你一起出國去唸好了。」衝動脫口而出的提議，連蓓穎自己也嚇著了，「呃，我是說我也很想出國去再修一個碩士，你知道的，我——很熱愛藝術，我想，呃，我們可以一起去……去修藝術碩士，也好互相照應。」

蓓穎承認自己是有些大膽皮厚，但是，真愛是需要勇敢追尋的，不是嗎？

她遞上辭呈，著手籌備所有出國事宜，還儘可能抽空陪唐憶德巡迴全省演出，她總是戀戀地瞅著舞臺上演負心男配角的他，曾被辜負過的人演出辜負別人的狠絕竟如此傳神淋漓，他演得真好啊！蓓穎是觀眾席中最熱切的凝望，她的眼中，只有他。

「妳犧牲這麼多，值得嗎？」蘭芷不只一次問蓓穎。

「兩人的牽繫不能只靠愛情，還要有恩義吧！」蓓穎淡淡道，「愛情有時盡，真情也會老，我相信，患難與共、並肩作戰

的恩義，會是很重要的愛的牽繫。」

「那也得對方重情重義啊，萬一對方不念恩義、忘恩負義，修到學位以後就不要妳了呢？」

「那——我也認了，就像真情會被辜負一樣，恩義也有可能會被忘記。如果唐憶德真是這樣的人，我願賭服輸。」

這是她自己選的路。下個月，他們就要一起飛往美國開創未知的將來，是聚、是散、是喜、是悲，總得走上那麼一遭才見分曉。而今天，是唐憶德最後一場演出。

中場休息過後，正要入座，倏地靠角落一個身影吸引了蓓穎的目光，是她！是唐憶德那位臨陣脫逃的女友，蓓穎在唐憶德房裡看過她的照片。她來做什麼？莫非她看到報上介紹唐憶德即將出國的新聞？不會吧，那只是一篇小得毫不起眼的報導而已，難道——她想舊情復燃？

臺上，演員準備謝幕，觀眾席，開始躁動起來。

這是尋夢劇團的慣例，每齣戲碼公演的最後一天，演員不接受獻花，相反地，演員會一個個下來，把花送給一個對自己來說最特別的觀眾。蓓穎驚恐地搜尋那女人的身影，那女人沒有離開，她正走近舞臺台階的前方，唐憶德一下來就會看見她。

這，不公平！蓓穎還沒有足夠的時間讓唐憶德愛上她，敵人就出現了。

如雷掌聲，伴著一聲聲觀眾的歡呼。唐憶德就要出來謝幕了，怎麼辦？蓓穎該擋在那女人之前，讓唐憶德看見她嗎？

唐憶德出來了，他往台下深深一鞠躬後就俐落地衝向台階，他會看見那女人的。

蓓穎定定愣在原地，看著唐憶德，看著他與那女人打個照面，然後他眼睛眨也沒眨一下，與那女人擦肩而過，朝蓓穎筆直飛奔而來。

「謝謝妳，蓓穎。」他說，給蓓穎一個擁抱後，隨即轉身奔回臺上。

水氣，瞬間淹沒了蓓穎的雙眼，她的手不停地鼓掌，給臺上的他、也給臺下的自己，最熱烈的喝采。

不管是共演，還是觀眾，她想陪他演好人生這齣戲。也許有那麼一天，幕落了，她該離開時，她會試著毫無怨尤。

愛情，沒有價目表

CHANGE YOUR MINDSET

愛情必須落實生活

不要高估愛情的偉大。

也不必貶抑愛的「現實」。

不顧一切、毫無怨尤、生死相許的愛情，一定還存在著，但是，在現今紛擾塵世中想去找一份「因為愛所以愛」的原味愛情，真的很不容易！

愛的初始，或許只是單純的兩性相吸。其實，這樣的相吸也並不單純，它可能是因為他有三高、她貌美身材棒；或者因為他才學淵博、她對你很好；他幽默溫柔、她能幹細心……

愛，免不了講「條件」。如果沒有條件，那是不是任何一個人都可以愛呢？

愛，也很難不講「功能」。

條件，是基本配備；功能，卻是附加利益。現代人愈來愈重視「愛的功能」，冷氣機最好強冷除濕兼暖氣，而愛情最好也具備多功能。

愛之初，是條件相吸，愛到後來，激情漸緩、狂戀漸熄，他會從愛的雲端走下來，走進真實的世界，考量現實的需要。創業的人，會考慮對方是否可協助他，這時，八面玲瓏、能力一流的對象是最佳人選。厭惡一個人生活，他會思索對方可否給他溫馨的避風港，他會

想要一個愛家戀家的伴侶；而好客四海的人愛上自閉孤僻的人，在深思未來時，一定會評量對方是否只入得廚房卻「出不得廳堂」。

「功能論」，讓愛情顯得一點也不浪漫偉大，然而，愛情是不能脫離現實、不食人間煙火的。

愈是「務實」，愛情愈容易開花結果。

愈是柴米油鹽，愛情愈不容易質變。

愛只有落實生活，才能真實。

當然，愛情有時盡，功能也會過時。兩人去留學時，他要的是共同切磋砥礪的讀伴，拿到學位後，他需要的是生活的夥伴。創業初期，他需要得力又幹練的左右手，事業穩定後，他可能想要一個善解人意、撫慰辛勞的女人。就像歷史上草莽打出天下的皇帝一樣，南征北討時，他需要驍勇善戰的武將，天下太平後，他要的是輔佐政務的文臣。

需要不同，於是，過氣的武將、讀伴或事業左右手，只好「功成身退」！

你不能怨對方「用完就丟」，要怪的是你的價值和功能沒有繼續「升級」。剛有行動電話時，你這陽春簡易型就已綽綽有餘，不過，當手機已升級到智慧5G時，你還能責怪對方棄你這陽春手機而

去嗎？有了彩色電視，誰還想看黑白的？

　　「想當年我省吃儉用，還標了三個會來幫他公司救急……」

　　「那時，如果不是我一路協助她度過難關，現在她哪會如此風光……」

　　也許你曾經付出犧牲、為他（她）做牛做馬，可是一旦沒了價值，徒然在那裡「想當年」、「憶當時」，只會更暴露自己的毫無價值、承認自己如今是「愛情的報廢品」罷了！

愛，要願賭服輸

　　最難堪的愛情，是情過緣滅了，兩人齜牙裂嘴斤斤計算著對方欠了自己多少。

　　文學家楊子說：「愛情沒有所謂誰負誰，有的只是錯誤而已。」

　　當初你心甘情願付出、為對方所用，而今對方不願接受、不肯再用，你憑什麼說對方騙了、利用了你呢？你給過對方金錢、資源或人脈的協助，對方也給過你愛情、性或甜蜜的感覺，彼此互惠、各有所得，何來誰負誰、誰又欠了誰呢？

　　愛情有時像提款機，有存有提，他存愛情、存希望給你，他也向你提領金錢或協助，如果你辨識不出愛的謊言、如果你甘心預借、

甚至超貸給對方，一旦對方無力清償或惡性倒閉，你就得承受愛情的「呆帳」與「負債」。

怨不得別人，當初是你心甘情願，當初你也享受過付出或犧牲後的甜蜜，現在變得心「乾」情「怨」，全是咎由自取。

願賭服輸！願付出，就得不怕有去無回；願犧牲，就得有「沒回報也無所謂」的氣魄。

假使你付出或犧牲，就要求一定要有回饋，這種愛只是「交換」，用功能來交換愛而已。

交換式的犧牲，比起負心絕情，也高尚不到哪裡去！

你可以用「功能」來讓對方更愛你、更離不開你，但是，不要在對方把你「退休」後緊咬住對方不放，不要到處嚷著被對方利用、始亂終棄。愛情是互惠的，是有付出有獲得的，美國詩人惠特曼說：「世上沒有得不到報償的愛！」不管你付出什麼，你一定得到過歡樂、甜蜜、感動或幸福，最少，最少你也得到了——教訓。

歡喜給，甘願受。

如果給的不歡喜、或者有計較心，那就不要給。

愛情沒有價目表，所以，不必在散席後給對方一張帳單。

讓自己永遠值得利用

愛情中的恩義，固然是很好的牽絆，但愛情不能只靠恩義。

有部國片「望夫成龍」，深刻描繪了貧賤夫妻力爭上游的景況，女主角千般犧牲、萬般奉獻，甚至下海伴唱坐檯籌錢，只為了把老公推向成功，當老公登上事業顛峰，帶著她出席名流聚會時，女主角卻因不諳上流社會習性而處處出糗惹禍，弄得老公窘迫不堪。

當他是一隻小蟲時，妳可以是土壤，給他養分。

當他成了翩飛的彩蝶，你最好是白雲，陪他遨遊，或者是藍天，給他寬闊空間，任他飛翔。

怨對方忘恩負義，不如想想為何恩義不再，以致讓對方忘了、負了。

懂得加強自己的功能，在愛情中「升級」，做個永遠值得對方「利用」的人，比一味抱怨對方現實，來得更實際些吧！

真愛十大守則

CHAPTER 10

愛是學習，愛是互惠，愛是勇氣，愛是寬容，
愛是創造彼此最大的幸福！

一、愛情以不受傷為最高指導原則

第一，不讓自己受傷。會自殘的人不配談愛。

第二，不讓別人受傷。去傷害對方或第三人，是以愛為名的殺戮。

第三，不讓別人傷害你。如果愛必須以痛楚烙印，必須附上傷痕陪葬，那麼——不要猶豫，快逃！

二、愛情以輕鬆自在為目標

愛情總是輸在太認真！

羅曼羅蘭說：「在戀愛裡，些許認真是可以的，太一本正經就不好了，那是負荷，而不是快樂。」

輕鬆點！愛應該愈愛愈自在、愈呼吸愈順暢，而不是綑綁與窒息。彼此依靠卻又各自獨立，相親不相「礙」，才叫愛。

三、愛情以快樂為本質

愛是一種最複雜的物質，成分有激情、興奮、憤怒、悲傷、嫉妒、失望和痛苦，但是其中一定要有超過百分之五十的快樂，否則，這份愛就該報廢！

四、寬容為愛情之本

沒有人不會犯錯，沒有錯不能被原諒，因為有愛，所以寬容。

有智慧的寬容是願意遺忘、給彼此重新來過的機會，可是，放任對方一錯再錯、絕不改過，不是寬容，而是縱容。

五、愛情為成長之要

沒有得不到報償的愛情，即使是失敗愚蠢之愛。

在愛情裡，你會學到信任、付出、體諒和取捨。最大的快樂是得到最愛的人，最快的成長來自最深的傷痛，你總會得到幸福或學會成長，絕不致於白走一遭的。

愛，不是得到，就是學到。

六、愛情為幸福之鑰

友情，讓你不孤單；親情，可以取暖；金錢，滿足虛榮；成就，證明實力。但是，你還需要愛情，愛情讓寒冷變得可以忍受、等待值得雀躍。

愛情是詩人頭上眩目的桂冠、凡人手中耀眼的寶石。有了愛情，才算擁有了全世界。

七、愛情以互惠為守則

電影「紅磨坊」裡有一句話：「世間最可貴的是——付出愛，以及得到相對回應的愛。」

單方面的奉獻給予，是殘缺的愛，很難無怨。

你付出，也獲得；你能給對方所需要的，也索取了你需要的。這樣互蒙其利、有來有往的愛情，才能長久。

八、愛情以勇氣為前提

缺乏勇氣的愛情，一文不值。

愛情，必須勇敢。勇敢表達、勇敢付出、勇敢爭取，就算要與全世界為敵，也不畏不退。

萬一愛到盡頭，也要勇敢走開。

才是愛的勇者。

九、愛情以曾經失敗為福氣

《藍與黑》一書的作者王藍說：「一生只愛一次是幸福的，不幸的是我比一多了一次。」

其實，失戀是好的，你會更加知道怎麼去愛、怎麼去接受

愛，還有如何避免錯誤地愛。

愛是學習。沒有失敗、沒有練習，很難有成功的愛。

十、愛情以創造彼此最大幸福為目的

結婚，不是愛情的目的地——如果結婚不能讓彼此更幸福的話。

相愛的倆人，不一定適合一起生活；可以一起生活的人，不一定可以白頭偕老。倘使有另一個人、另一種生活能讓對方更快樂，你就應該放手。

祝對方幸福，也祝自己找到屬於自己的幸福。

心碎沒關係，
至少我學會離別

作　　　者　小　彤
責任編輯　呂增娣
美術設計　劉旻旻
行銷企劃　吳孟蓉
副總編輯　呂增娣
總編輯　周湘琦

董事長　趙政岷
出版者　時報文化出版企業股份有限公司
　　　　　108019 台北市和平西路三段 240 號 2 樓

發行專線　(02)2306-6842
讀者服務專線　0800-231-705　(02)2304-7103
讀者服務傳真　(02)2304-6858
郵　　　撥　19344724 時報文化出版公司
信　　　箱　10899 臺北華江橋郵局第 99 信箱

時報悅讀網　http://www.readingtimes.com.tw
電子郵件信箱　books@readingtimes.com.tw
法律顧問　理律法律事務所　陳長文律師、李念祖律師
印　　　刷　勁達印刷有限公司
初版一刷　2022 年 10 月 07 日
定　　　價　新台幣 330 元
ISBN 978-626-335-912-3
（缺頁或破損的書，請寄回更換）

心碎沒關係，至少我學會離別 / 小彤
著 .-- 初版 .-- 臺北市：時報文化出版
企業股份有限公司, 2022.10
面；　公分 .--（玩藝）
ISBN 978-626-335-912-3(平裝)
863.57
111014268

About Love